Técnicas de iluminación

VOCES / LITERATURA

COLECCIÓN VOCES / LITERATURA 193

Nuestro fondo editorial en www.paginasdeespuma.com

Eloy Tizón, *Técnicas de iluminación*
Primera edición: septiembre de 2013
Séptima edición: agosto de 2023

ISBN: 978-84-8393-152-3
Depósito legal: M-21768-2013
IBIC: FYB

Editorial Páginas de Espuma
Madera 3, 1.º izquierda
28004 Madrid
Teléfono: 91 522 72 51
Correo electrónico: info@paginasdeespuma.com

Impresión: Cofás
Impreso en España - Printed in Spain

Eloy Tizón

Técnicas de iluminación

ÍNDICE

Fotosíntesis 11
Merecía ser domingo 21
Ciudad dormitorio 33
La calidad del aire 55
Los horarios cambiados 65
Volver a Oz 83
Alrededor de la boda 87
Manchas solares 101
El cielo en casa 117
Nautilus 145

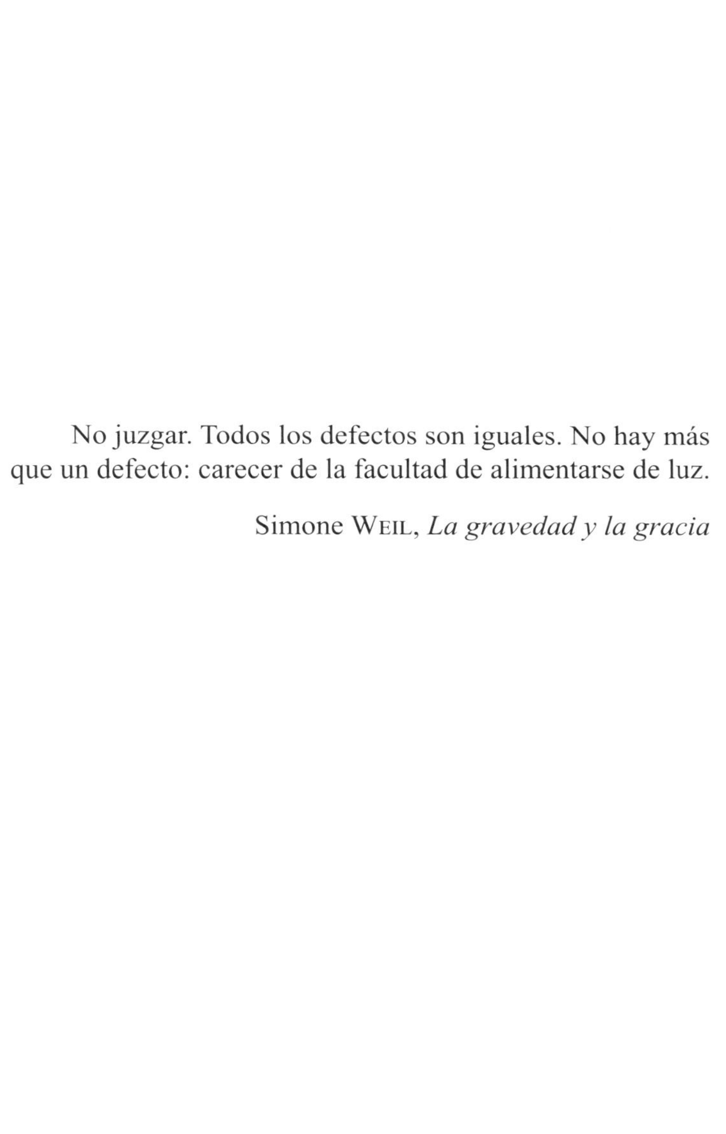

No juzgar. Todos los defectos son iguales. No hay más que un defecto: carecer de la facultad de alimentarse de luz.

Simone Weil, *La gravedad y la gracia*

Fotosíntesis

(Acompañando a Robert Walser)

Uno camina y camina. Camina a la sombra. Camina al sol. No deja de caminar nunca, despacio o rápido dependiendo de los días. Da vueltas en círculo. Se empapa con la lluvia y se seca con la luz. ¿Por qué caminar tanto? No hay respuesta. No hay tiempo para analizarlo. Se trata de caminar, sin más. Y se camina. Adelante, siempre adelante. Por gusto, por hartazgo, por necesidad. A través de puentes y espesuras y concavidades y encrucijadas y lunes. Se atraviesan bosques, conventos. Se empujan masas de aire con las piernas. Se desplazan bolas de humo. Se cruzan ríos parecidos a locomotoras. Se tarda un mar o dos en llegar.

Cuando por fin se alcanza un destino, nada más amanecer allí, sin tiempo para descansar ni refrescarse la nuca, se emprende el camino de regreso. No hay necesidad de asentarse. La tarjeta del buzón es la confirmación de un fracaso. Los problemas empiezan siempre con una dirección postal. El nido es la tumba del pájaro. Todas las llaves, todas, las acuña Belcebú. Cuando uno nace el mundo está a medio hacer y cuando uno lo abandone seguirá poco más o menos lo mismo. Nada funciona como es debido, pero es que nada tampoco ha llegado a fastidiarse de manera concluyente. Así hasta la extenuación o el infarto. Hasta la siguiente parada. No hay prisa. Uno pisa barro, pisa escombros, pisa flores mojadas, pisa libros. Sube y baja escaleras. Mastica oxígeno o piñones. Se peina con el canto de las manos. Estornuda para dentro. Olfatea carretillas cargadas de remolachas, torres de heno, cestas de huevos. Descorcha una botella de sidra, a la salud de los presentes. Se zambulle en ciertos cuerpos nocturnos que debajo del corsé huelen a resina y a leche recién ordeñada, respira músicas, las acaricia.

Una mujer tranquila, con sus orillas húmedas. Nos sirvió una jarra de cerveza, luego una jarra de vino, luego una jarra de nata espolvoreada con canela. No quiso cobrarnos nada. Era la hija del posadero, aunque su verdadero oficio era el de comadrona. Se le transparentaba un poco el vestido. Las ganas de sonreír no se le acababan nunca. Su aldea estaba en fiestas, su esposo estaba en la guerra, no especificó en cuál. El cielo estallaba de cohetes, los músicos ambulantes tocaban hasta el desmayo celebrando la belleza trágica de la vida, los perros ya ni ladraban. Aquello era vivir. Abrazarla en el cobertizo era igual que amasar harina. Su piel, por descontado, también estaba en fiestas, también estaba en guerra. Tan hermosa que uno no sabía por dónde empezar a quererla. Antes de apagar la vela de un soplo, dio la vuelta al retrato de su esposo, que quedó mirando hacia la pared mientras aquello duró. Uno sentía que a su lado nada malo podía sucederle. Ella dijo, al tiempo que se anudaba el cordón del delantal, que rezaría por uno en sus plegarias. Los ojos le brillaban. Antes de despedirse ofreció su nombre en voz alta, con alegría: «Margarita».

Qué magnífico verano. Nada más sabroso que un domingo de sol al aire libre. Uno lleva el sendero en la sangre, nació con ello. Escapa de ese hormiguero leguleyo de pólizas e inventarios. Publicidad. Comisiones. Wassermann & Asociados, transacciones comerciales. Somos un pueblo con alma de ventanilla atornillados a su pluma y a su tintero, qué le vamos a hacer, una raza de chupatintas, con eso está todo dicho. Nuestra frase favorita es: que pase el siguiente. Esas torres de formularios (por triplicado), qué haríamos sin ellas. Cuando de negocios se trata, toda delicadeza es insuficiente, bien lo saben los tenderos y los registradores de la propiedad con sus escribanías de cuero. Una institución bancaria detrás de otra; sus cámaras acorazadas custodian lingotes de decencia y oro entrecomillado. Jaulas para canarios, dentro de las cuales se obstina un temblor amarillo. La mañana es deliciosa y los abetos son adorables, no hay más que verlos ahí plantados en toda su majestuosidad verde, uno se dobla ante ellos con reverencia. A sus pies, señora. Cualquier transeúnte de categoría que ahora salga de misa y nos vea creerá que uno está loco o borracho, haciéndole piruetas a un parterre, pero y qué. La vegetación simboliza el triunfo de la razón sobre el caos sanguinolento de las pasiones humanas. La luz está de nuestra parte. Hay como un borde de agua en los corazones. Todo centellea y está lleno de Dios, aunque sea un Dios municipal armado con una escoba de barrendero que la mayoría de las veces apenas existe o no se prodiga o es ciego. Uno siempre preferirá los pedestales que no tienen una estatua encima a los que sí la tienen; el aprecio que uno siente hacia mártires y héroes no es por cierto exorbitante; su estima, en suma, queda lejos de lo patológico. La acción supera al pensamiento; es mejor hacer cosas que soñarlas. Sin una pizca de épica, todo se vendría abajo en un segundo. En el duelo asimétrico entre la cigarra y la hormiga de la fábula, uno se declarará siempre partidario de la cigarra; antes cantar que acumular haces de leña para el invierno. Camarero, sirva otra ronda aquí a la concurrencia, uno invita. ¡La melodía por encima de la agenda!

Hora de comer. Nada sabe mejor que el tabaco de pipa fumado después de una comida opípara, ya lo decía mi tío Hans, que era alguacil. Uno es un inconformista, asiente ante la verdad, no le queda más remedio, por algo uno tiene como oficio ser medio escribiente medio charlatán de verbena. Para mantener fresca la mente no hay nada mejor que un rodeo. Uno camina a lo largo y a lo ancho, de frente y de través, en todas las direcciones. Pantanos y capitales, áreas de regadío y barrancos. Adelante, siempre adelante, con determinación y sin miedo. Jamás ceder, jamás retroceder un solo palmo del terreno conquistado al enemigo tras una empinada batalla. Los brazos son sus remos. Uno abre la boca y expele grandes bocanadas de aire que le hinchan los carrillos. Deja atrás bodegas y balnearios. Saluda a un repartidor en bicicleta que pasa zigzagueando, doblado bajo el peso de un fonógrafo: una obra de arte más genial que cualquiera de los cuadros que mancillan las paredes de, pongamos por caso, un palacio ducal, detrás de un cordón de terciopelo. Apoyado en su bastón de caña, uno emprende aventuras primorosamente grandiosas, desgasta las suelas de sus zapatos. Pide, en una sastrería, que le presten un termómetro. Todo es hola y adiós y unas décimas de fiebre. Uno duerme encaramado en las cornisas de los edificios o en el cable del telégrafo, se lava los pies en la luna, hace gárgaras de anís, silba a los racimos de plátanos, orina entre dos toneles, alquila un disfraz de policía y no gana para sustos. La meta siempre está más allá, al doblar la esquina, puede que uno la alcance en un millón de metros o en media hora, o dentro de cuatro inviernos y quinientas estrellas más. Algún día conseguirá su objetivo, uno no desespera.

Bien, volvamos al principio (ah, pero ¿es que habíamos salido de allí alguna vez?) ¿Por dónde íbamos? Sí, decía que mi tío tenía esa afición de hacer esculturas en miga de pan, mientras cenaba un guiso de caracoles, las modelaba con una mano sin por eso dejar de llevarse cucharadas a la boca, y a la vez hablaba con mi tía Matilda, que estaba en la cocina, embarazada de su quinto hijo, cebando un ganso, podía hacer varias cosas a la vez mi tío Hans, que era alguacil y también partía leña. Un gran hombre, mi tío. Aquel que cena caracoles no merece estar solo. Tallaba figuritas con el cuchillo, construía un pequeño bestiario amasando la miga del pan y prensándola entre los pulgares, cada día una figura distinta, cada guiso una experiencia, debió de hacer más de quince mil en toda su vida, a veces repetía la misma pero era poco frecuente, decía que prefería innovar, y no se daba importancia por ello. Con esto quería decir que había maneras de escaparse. La ley de la gravedad no tiene por qué llevar siempre razón.

Hora de dormir. Lo bueno de vestir la chaqueta del pijama debajo del traje de calle es que uno puede pasar la noche en cualquier lado, sobre cualquier superficie, dura o blanda, sin rendir cuentas a nadie. Se recomienda. No se necesitan almohadas; las piedras del camino resultan excelentes. Y tampoco es preciso contar con la presencia de una mecedora, esa silla altisonante que parece un homenaje a la duda. Sobre todo para alguien que sabe que el suelo, la nieve entera, es su mejor mecedora. Nos gusta la nieve porque no tiene nombre ni edad. La nieve es la esquina sucia de las palabras, ese resto que queda después de haber triturado todos los nombres propios: un poco de arena fría. Si uno pudiera, se casaría con ella. La nieve en el altar. Los invitados, impacientes, mordisqueándose los guantes. Muebles envueltos en fundas en casas de veraneo cerradas. Y al fondo, un gallo o dos, que no cantan. ¿Acaso existe, la nieve?

La felicidad, en cambio, da miedo. Es demasiado –cómo decir– inapelable. Uno está indefenso ante la felicidad, ante la inminencia de su desplome con su descomunal peso feliz, bajo el que queda felizmente aplastado, agitando sus extremidades. Uno se siente más cómodo y protegido en las afueras de la felicidad –igual que en las afueras de las ciudades o en las afueras de la gente–, sin tanta presión encima, con más espacio libre para moverse y, llegado el caso, bailar. Son esos momentos previos en que la felicidad gravita alrededor de uno en forma de promesa. Una moderada desgracia, una calamidad llevadera, el intervalo entre dos alferecías. La felicidad sobreviene y es una crisis, una catástrofe, un rayo que calcina un árbol, una enfermedad fulminante para la cual no hay antídoto. La felicidad es un lugar solitario. La felicidad y los rayos, mejor cuanto más tarde. Cree uno.

Puesto que toda elección conlleva una renuncia (o muchas), es preferible no elegir, no rechazar. Quedarse sin nada –para tenerlo todo–. En asuntos de amor, ha escrito uno por ahí, cualquier fracaso conlleva una cierta dicha. Uno está convencido de ello y también de lo contrario. Es hora de pensar menos, por tanto, y de pasar a la acción. La especie humana está a punto de declararse en suspensión de pagos. Qué cosas dice uno. Hoy el viento sopla de un lado y mañana soplará de otro, no hay que desmoralizarse ni perder la compostura. Uno ostenta hasta con orgullo su condición de paria, ya que es la única que tiene.

Porque uno estuvo en Berlín cuando Berlín era joven y la ciudad no era más que un sudario de pensiones y tranvías, con música de opereta y cerdos criándose en los balcones, oh dulzura de vivir, y todo el mundo era artista o lo decía (daban ganas de hacerse revisor) y los alemanes llevaban por la calle el dedo índice estirado, atado con un lacito, del que pendía, balanceándose, un paquete de buñuelos.

Escrito a lápiz. En una barra de grafito está contenido el mundo. A lo que más se parece eso que algunos llaman vida es a una línea serpenteante que parte de la mano y sigue una ruta continua, sin interrumpirse nunca, y el mismo trazo que modela la vasija del alfarero es el que modela la nervadura de la hoja en el árbol, se prolonga en la curva de la ola y coincide con el perfil de algunas mujeres, muy pocas, que nos hicieron temblar. Todo forma parte del mismo hilo del mismo ovillo. Cualquier línea que uno mira puede ser la línea del horizonte. Vivir es vibrar.

¿Por qué no iba uno a estar contento? Pues claro que está contento. Lo difícil sería estar triste, con este sol y esta pluma estilográfica. Ella me pidió que permaneciese a su lado, juntos para siempre, pero uno tuvo que marcharse, no le quedó más remedio. No fue fácil resistir la tentación, escapar sin hacer ruido al amanecer de la tibia madriguera llevando los zapatos en una mano y el remordimiento en la otra, sufriendo por esto y por aquello, reclamado por la urgencia de sus vagabundeces y trotamundismos. La vida nos reunió una vez y fue un milagro. Claro que la naturaleza del milagro es no durar. Lo que define al milagro no es su carácter sobrenatural, sino su carácter migratorio. Milagro es lo que acaba.

Mires donde mires, la montaña siempre está ahí, con su elegancia picuda y su tocado de nieve, más pálida que una monja. Los cielos cubren el páramo, traídos y llevados por los pájaros sin nido. Los arroyos son capaces de estrecharnos con un abrazo mojado; descienden atropelladamente por los escalones de la ladera, saltando desniveles, tropezando con su propia prisa sonora, cantando su felicidad y su angustia. El secreto del agua es tener sed y no poder aplacarla.

Océano más océano menos, uno va cumpliendo años, en eso el calendario es inflexible y a su manera helvética, por qué no admitirlo, admirable. Uno se hace mayor, cae enfermo, tose. Así tiene que ser. Le brotan excrecencias del cuerpo que hasta hace poco no tenía, nudosidades y escamas. Se va mineralizando. Y ese pitido en los bronquios no presagia nada bueno. Tos de ferrocarril, chirrido de traviesas oxidadas. En esas idas y venidas sin rumbo se va deteriorando la salud, lo juvenil se aparta de uno, se estropean las bisagras y hasta luego. El impulso, con los años, va tornándose más lento. Uno se queda a las puertas del paraíso, con el sombrero en la mano, esperando a que le abran, sin decidirse a llamar. Alguien parece estar llorando al otro lado; se escucha algún que otro gimoteo. Uno es respetuoso y de temperamento algo recatado, pese a su edad. Se aleja de todas partes caminando de puntillas, hacia atrás. Uno es firme partidario de pasar inadvertido y no llamar demasiado la atención, mejor pecar de discreto que de transgresor adornado con plumas de papagayo; hoy en día están de moda los autores que parecen anuncios de detergentes: no hay manera de distinguirlos. Todos hacen una espuma parecida, antes de evaporarse tragados por el sumidero. A uno, de momento, le consienten no morir, y se conforma con eso; pedir más sería abusivo.

Ya estoy mejor, sí, muchas gracias. Ha sido un desvanecimiento pasajero, nada grave, sin consecuencias. La salud tiene estos vaivenes. Uno es propenso. ¿A qué? No se sabe. ¿Dónde está mi sombrero? Este dolor en los huesos nos da los buenos días con una mordedura de caballo hipocondríaco. Mira cómo me tiembla el pulso. Curioso por naturaleza, uno no se cansa de aprender fijándose en esto y aquello. Lo mismo puede estudiar trigonometría que interesarse por un ancla. Mirar también es una forma de rezar. Fijar la vista en algo digno de ser amado, por un instante, y luego desaparecer. Uno se queda extasiado ante el espectáculo de un globo aerostático que sobrevuela un jardín de faisanes. Ve transcurrir a un niño entero, con todas sus estaciones. Si pudiera pensar, uno pensaría que tanto afanarse de aquí para allá es en vano, tanto zarandearse no tiene ningún propósito, es un desperdicio completo de tiempo y de espacio. Mejor vivir tranquilo, con su moneda de plata en el bolsillo del chaleco. Todos somos viudos de nuestra propia sombra. Sin embargo, en el instante de morir, con nuestro último aliento, todos comprenderemos que sin sospecharlo nuestros pies han bordado un tapiz.

Merecía ser domingo

¿Sabe usted lo que es el silencio? Es uno mismo, demasiado.

Guimarães Rosa

En el silencio de la casa

En el silencio de la casa, en el silencio del mundo. Me han dejado a propósito aquí solo, se han ido todos. De excursión, creo. A la montaña, tal vez. O no, a la playa. Es domingo o merece ser domingo. La luz es de domingo y el azul del cielo es de domingo y el periódico está abierto en la página dominical, así que tanta insistencia empieza a ser sospechosa. Hasta donde alcanza la vista es domingo. Más tarde resolveré el jeroglífico. El fulgor de la nieve percute con fuerza en la terraza, sobre la mano verde de la enredadera, y arranca remolinos de los sillones de mimbre. El picoteo casi mudo de mi teclado, una música leve e inconstante, signos que aparecen y desaparecen, un muro de blancura en el horizonte que huye.

Domingo, nieve, domingo. De repente, de la nada, cae volando un jersey. Las mangas revolotean hasta posarse, supongo, en la acera. Ropa que cae del cielo. Una lluvia de calcetines pantalones camisas bufandas chaquetas bikinis pijamas. ¿A qué me recuerda esto? A ropa muerta. Desaparecida. A fantasmas textiles colgados de las perchas con sonrisa de poliéster. A aquel jersey de lana que tuve a los quince años, antes de alistarme en el ejército. Jersey azul, de cuello alto, fragante. Era el Jersey Perfecto. En el primer lavado encogió tanto que ya no hubo forma de volver a ponérselo. Se redujo a una cosa ridícula, un jersey para caniches. Al verlo entraban ganas de ladrar. Hubo que tirarlo. También –no sé por qué– pienso en Brni, en Renata, en el viejo tendedero que sonaba, en los días de mucho viento, como una gigantesca arpa eólica, pienso en…

(sigue cayendo ropa; el tambor de la lavadora da vueltas, gira y gira en la conciencia hasta completar el ciclo, con su habitual y espesante chapoteo de trapos enmarañados)

… en el disgusto que me llevé a los quince años aquel viernes en que mi madre me planchó los pantalones vaqueros. Con raya. Los pantalones vaqueros no se planchan, mamá, voy a hacer el ridículo, mira qué rayas, todo el mundo va a reírse de mí, pareceré un payaso, el más tonto del grupo. El temor a hacer el ridículo me maniató durante toda la noche, me tuvo secuestrado sin hablar ni participar en las conversaciones, mudo, qué pensarían de mí aquellas cuatro chicas que acabábamos de conocer, que era un zoquete, un inútil, un impresentable, con razón, y yo ya no puedo retroceder en el tiempo para defenderme y decirles que no, que yo no era tan impresentable, os lo juro, lo que pasa es que ese día mi madre me había planchado los pantalones vaqueros con raya.

Busco una cabina de teléfono con línea directa al pasado. Si levanto el auricular, escucharé hablar en latín. Durante un tiempo pensé que yo tenía superpoderes. Que podía, si así lo deseaba, volar sobre los edificios, resucitar a los muertos o detener con el pecho una bala de cañón. Estaba tan convencido de ello que solo esperaba la ocasión para demostrarlo. La ocasión nunca se presentó o, si se presentó, no estuve allí para aprovecharla.

Me pregunto si todo el mundo será así, igual que yo.

No puedo cambiarme de ropa, no puedo volver atrás en el tiempo. No tengo superpoderes, sino solo una tendencia a enamorarme siempre de chicas de aire solitario y sol en el pelo; y también un poco vertiginosas. Las veo pasar, melenas al viento, con sus carpetas y bolsos, camino de clase, flotando en esa luz insurgente de los viernes a las cuatro de la tarde. Visto vaqueros con rayas y esto es un hecho objetivo, inapelable, mientras llueve ropa del cielo y huele a domingo o lo merece. No hay vestidores que permitan salirse del presente y corregir los errores del pasado, ay. Lo verdaderamente ridículo era temer al ridículo, pero yo eso no lo sabía. Así que no bailé, ni intercambié una sola palabra con ellas, con esas chicas del viernes. Me acodé en la barra, soltero para siempre, con las piernas embutidas en aquel par de rígidos tubos azules que mi madre había planchado, sorprendido en una pose estudiadamente famélica, infeliz pero sin pasarse (como si alguien o yo mismo me observase desde el futuro: hola, impostor), trasegando un botellín de cerveza mientras oigo sus risas alejándose, llevándose el sol con ellas, cada vez más remotas, más rubias, más cervezas, me bebí la soledad de un trago. La soledad me sorbió. Y hasta ahora. No duele. Solo queda el espectro de un pequeño arco ojival de espuma en el mostrador. Se limpia sin esfuerzo con un paño, así. Ya está. No deja huella. Y tiempo después me enteré de que una de ellas se mató en un accidente de tráfico. Y a las demás no volví a verlas nunca. Y eso fue todo.

En el silencio de la calle

Le pedí que me besara pero ella dijo que no, que besarnos allí, en ese momento, podía ser contraproducente. Yo, sin entender, asentí. Desde entonces esperé durante años, con una paciencia luminosa, a que ocurriese el milagro de ese beso contraproducente. Y luego hubo una tarde tormentosa de barcas en el estanque y cisnes a lo lejos como paraguas blancos, abiertos.

Ella no me besó. Los besos son importantes. Por culpa de un beso de buenas noches denegado por su madre cuando era niño, Proust teje toda una neurosis familiar en forma de novelón asmático, policromado, que en el fondo es todo él una indagación detectivesca alrededor de los besos furtivos o fantasmales, de los besos no dados o no recibidos o dados y recibidos a destiempo o a las personas equivocadas. Hay un trastrueque de cuerpos y soledades circulando por la novela de Proust, alguna de cuyas páginas a veces refracta la luz como un vaso facetado. Una novela policiaca sin crimen en la que todas las pruebas acusatorias se encuentran allá atrás, en el pasado. Lejos. Besos con sabor a magdalena mojada en té de lágrimas o besos con sabor a playa normanda o besos de bocas niñas, acatarradas, en un permanente carnaval de celos y de labios. En el paréntesis de un beso no pronunciado el mundo, de repente, deja de llover o se hace música y duele. Triste pero forzoso es admitir que los besos no recibidos han hecho más por la literatura que los besos recibidos.

No te marches aún, espera, por favor, todavía es pronto, somos jóvenes, aún queda mucha noche por delante hasta que amanezca. Qué prisa tienes. Tenemos. Ven, déjame que te explique, déjame que te cuente, luego te acompañaré hasta tu casa, te lo prometo. Quiero decirte algo, compartir contigo un secreto, necesito confesarte que. Pasaban grandes taxis negros, funerales, con reflejos de chistera, hondos de tapicería y luces cuchicheantes, al fondo de los cuales una muchacha camino de alguna fiesta se acurrucaba, retocándose el maquillaje o pellizcándose el panty. Hasta uno llegaba el perfume solitario de las cosas, la sutileza del viento, el relente de la hora, y todo, el universo entero, era como un telegrama urgente, una de esas páginas escritas con tinta violeta que parecen, más que escritas, aleteadas. Papeles que se van volando. Ropa que cae del cielo y va a posarse en la acera. La felicidad de ser dos y caminar al lado de esa muchacha de noche sin decir nada, tan solo eso, ser dos, sintiendo su respiración serena, el roce de sus pasos y el aroma tenue de su cutis, a veces ella perdía el equilibrio y chocaba contra uno, era bonito aquel choque.

Ella llevaba puesta una gorra de golfillo callejero que le daba cierto aire de, yo qué sé, ¿huérfano dickensiano? Las puntas de su pelo salían disparadas en todas direcciones. Un revoloteo de pecas en la nariz desmentía su gesto grave. Las piscinas, ya cerradas, devolvían el calor acumulado durante aquel pesado día de junio, julio, agosto. Las piscinas, con sus trampolines en sombras y el rumor gástrico de sus depuradoras. Un gato que saltaba quedó detenido en el aire, inmovilizado en su salto, las patas y la cola borrosas.

Ser dos. Todo era mirada. Se pensaba con los ojos. Se tocaba con las yemas de los ojos. Se acariciaba reptil. La tapa de la alcantarilla, vista desde cierto ángulo, podía ser la cola abierta de un pavo real. La noche era apaisada. Los árboles eran huecos, negros, inmensos. Las casas parecían pintadas como parte de un decorado de papel en el que se notasen los pliegues y los zurcidos; en ellas se abrían cráteres o estaciones de metro a medio construir por donde pasaban actores de reparto. No eran planas; se arrugaban y curvaban hacia dentro, retrocediendo a lo oscuro. La luna estaba ciega. La calle caminaba por nosotros; era una catedral asfaltada de neones y anuncios luminosos que expectoraban, se estiraban en un acordeón de luces y movimiento. Atravesamos un puente, después otro que parecía una copia idéntica al anterior; eso era raro. Puede que se tratase del mismo puente, dos veces. Yo la seguía, ella llevaba puesta una gorra. Cruzamos una vía en diagonal. Los dos solos, ella y yo. Mi mano en su espalda. Depósitos de hierros, almacenes de quincalla, vagos hangares de estructura ferroviaria y ángulos rectos donde se apilan monstruosos contenedores metálicos y dragones con escamas. Criaturas del pleistoceno. Las afueras de las afueras, el no-ombligo del mundo, suburbios que tal vez sean la nada o las inmediaciones de un aeropuerto. Eso, las inmediaciones de algo. Ahora que lo pienso, sobrevolaban sombras de aviones, giraban sobre nosotros gigantescos crucifijos.

Marrones y repetidos, los hangares se extendían con estructura de tableta de chocolate. La calle se bifurcó, se contrajo, se dislocó un codo. Las casas nos miraron con aire de superioridad. De repente se produjo una sucesión de tiendas monotemáticas: en la primera vendían solo jarrones chinos; en la siguiente, aparatos de ortopedia; en la siguiente, alfileres de corbata; en la siguiente, guantes de boxeo; en la siguiente, azulejos de cerámica para zócalos; en la siguiente, coronas funerarias; en la siguiente, arcos y flechas para el tiro olímpico; en la siguiente, sombrillas de playa; en la siguiente, tebeos para ciegos; en la siguiente, guisantes congelados y orégano. Por fin, en la última, un respiro: una tienda vacía, con una bombilla encendida colgando de un cable, y en medio solo un perchero.

El mundo era un lugar oceánico, sin principio ni fin, y cada vez más lento, más lento, a punto de detenerse. El cielo se paró encima de la franquicia de un restaurante, napolitano por más señas, dentro del cual había un único comensal masticando cintas de paja y heno, que alzó la vista y nos miró asombrado. Las estrellas se acomodaron en una posición distinta. Se sonrojó un semáforo. Al final de la calle seguramente habría un mar o un silencio en el interior de un mar. El sol daba en su pelo. Era de noche y el sol daba en su pelo. Ella llevaba puesta una gorra y el sol daba en su pelo. No me preguntes cómo, pero así era. Yo seguía sin encontrar la Palabra. La Palabra era importante y yo no sabía encontrarla o se me escurría entre los labios. Me faltaba práctica, en suma. La Palabra tenía sabor pero había que saber morderla y extraer todo su jugo, y no era fácil, no era fácil, yo no sabía.

En el silencio del mundo

Era más duro de lo que pensaba (siempre es más duro de lo que uno piensa). Caminando, caminando, nos fuimos alejando cada vez más hasta salirnos del mundo. Así, sin darnos cuenta, abandonamos la ciudad y nos internamos en el campo. Atrás quedó la ciudad con su nebulosa de oficinas en las que un funcionario se entrena durante veinte años para encestar una bola de papel o una telefonista se acaricia la entrepierna. Pasamos cerca de un castillo en ruinas. Bordeamos una gasolinera en cuyo interior explotaba una luz atómica que iluminaba sus expositores llenos de pequeñas novelas gráficas y pasteles. Dejamos de lado la última casa, esa última casa pintada de amarillo que siempre es muy cuadrada, en forma de búnker, cerradas todas sus puertas y ventanas, muy metida hacia dentro. Es, nadie lo dude, la última casa, donde no apetece vivir. Y eso, por algún motivo, parece ofenderla y volverla estúpida o resentida.

No tiene pérdida: es la casa que aparece dibujada en todos los manuales escolares para aprender a leer, justo encima de la palabra: «Casa».

Casa. Campo. Camino. Las calles se hicieron de barro y perdieron sus nombres. La acera chapoteaba con una erupción de lodo. Quedaban, aquí y allá, restos de nieve y muñecos navideños medio deshechos, grotescos en sus muecas de zanahoria y chistera. El frío iba en aumento, el paisaje era cada vez más arbitrario y equívoco. Ella y yo caminábamos, cada uno llevando a un niño de la mano, no sabíamos hacer otra cosa. Éramos cuatro. Una excavadora de ruedas musculosas parada en mitad del terreno tenía, apresada en su mandíbula, tierra a medio masticar. Tierra parda, color de saco terrero, con una antena de raicillas emergiendo. Prendido de una rama, a modo de bandera, ondeaba un trozo de plástico. Nos zambullimos más allá de la oscuridad, saltamos zanjas a ciegas, costaba trabajo distinguir unas formas de otras en aquella noche loca de diciembre, enero, febrero. El suelo estaba pavimentado de placas resbaladizas; tiritábamos de fiebre. ¿Dónde estábamos y cuándo? ¿Para qué estábamos?

La gorra. Ella siempre llevaba la gorra de visera puesta. Aquella gorra parecía contener la clave de todo el asunto, no me preguntes por qué. Nos detuvimos para tomar aliento; respirábamos con dificultad. En los ojos de los niños había preocupación, y eso se notaba en que no hacían preguntas. La mano de la niña era tierna y suave, sus dedos se movían dentro de la mía como pequeñas tijeras. Las mejillas del niño hacía rato que se habían descolorido y no se le veían las orejas, tal vez las perdió por el camino. Estábamos entrando en un bosque enfermo, con árboles deshilándose en una maraña fosforescente. Un mundo reptante, mezcla de líquido y sólido. ¿Un bosque de leche?

En alguna parte, detrás de nosotros, el río contaba monedas. En cualquier momento podría empezar a nevar de nuevo. Un pato nos abucheó. Los troncos se alabeaban formando pequeñas habitaciones, celdas monásticas forradas de cuchicheos y rezos. Iban y venían lámparas. Estábamos atrapados en una jaula en que los árboles eran los barrotes.

El bosque se desplazaba, cambiaba de sitio, se movía, las ramas se marcharon corriendo entre la espesura o serían los cuernos de algún alce. Temblando, reemprendimos nuestro camino de ida o de regreso, cualquiera sabe. Si seguíamos caminando –o retrocediendo– en línea recta, a lo mejor volveríamos a nuestro punto de origen y entenderíamos algo. Se avanzaba lentamente, a trompicones, pisando surcos y corcho. Los niños tenían hambre; estaban agotados después de todo un día de lecturas y canciones en el coche. No sabíamos si estábamos haciendo lo correcto, apenas habíamos tenido tiempo de intercambiar una palabra para analizar las consecuencias de nuestra decisión. Solo habíamos contado con el margen suficiente para recoger algo de dinero, un par de mochilas y escaparnos de la ciudad a todo correr, sin despedirnos de nadie, dejando nuestro desayuno a medias, en la cocina de casa.

«Qué cosa más rara», fue el único comentario que ella hizo. Y un rato después añadió: «Jamás pensé que diría esto, pero me duele el óvalo de la cara».

A menudo pensaba en esas cuatro tazas solitarias, en la botella de leche destapada, fuera del frigorífico. En el edificio vacío, con la nada resonando en el hueco de la escalera y los ascensores. Era algo que impresionaba. Al acordarme rompí a reír, Dios sabría por qué.

Tardamos más de una hora solo en llegar al portal. Empleamos cuatro horas en vadear la plaza, con los niños en brazos, ateridos de miedo, pasando por encima de los bultos, procurando no pisar nada, no ver. El suelo estaba vivo, los lomos grises fluctuaban. Muchos habían tenido la misma idea que nosotros, aunque quizá menos suerte. En la carretera, nos recibió una caravana de coches abandonados, con todas las puertas abiertas y los cristales rotos, nadie en su interior. De los maleteros brotaban jardines. Algunos coches ardían con resignación, educadamente, convertidos en piras o pebeteros, como si eso fuese lo oportuno. Un perro baló a una escoba o a un perfume o a otro perro. Columnas de humo blanqueaban el asfalto, salpicado de dinero, ropa festiva (otra vez ropa) y alargadas manchas oscuras sin identificar. Había muchos colchones tirados, siempre salen a relucir colchones en las situaciones de emergencia social. En el aire flotaba un intenso olor a podredumbre y a chicle de regaliz.

La vida, pese a todo, proseguía. Ahora nos encontrábamos en aquel bosque de cuento, era de noche. Necesitábamos comer algo que nos calentase el estómago. No estábamos dispuestos a darnos por vencidos, nos negábamos al desaliento. Éramos cuatro. Un paso en falso suponía el riesgo de rodar por un precipicio, a veces en los bosques hay precipicios, eso lo sabe cualquiera que sepa leer. Viene en todos los libros. Apartábamos a manotazos de la cara telarañas que formaban, de lado a lado, mosquiteros de seda. El pie añoraba torcerse. La rodilla, para no ser menos, hincarse en tierra y doler. Todo tendía al desequilibrio y al esguince, al apagamiento y la precariedad. Las raíces se ordenaban en peldaños, formaban escalinatas vegetales, perfectas a su manera, más arriba de las cuales media luna huía de la otra media. Hubo como un resquebrajamiento. Algo chirrió, se partió en dos y cayó en picado de las alturas, piedra o pisada. Se oyó, de pronto, una música. Las notas de un piano. Una melodía alegre. ¿Qué era aquello? No fui capaz de identificar la pieza, pese a que me gano la vida (o al menos me la ganaba hasta hoy) como crítico musical de una revista.

Nos asomamos; en un claro del bosque, en medio de un lago congelado, ensayaba, al completo, una orquesta sinfónica. Los músicos, más de quince, vestidos de chaqué, afinaban sus instrumentos y aguardaban las instrucciones del director, que en ese momento permanecía hierático, subido en un cubo de basura puesto al revés, envuelto en una bufanda, con la batuta en lo alto y cierto aire de cañería atascada. Los atriles desbordaban pentagramas. El trombón sudaba sus notas de viejo paquidermo, entre jadeos y espasmos. Los violines silbaban raudos en el tímpano, pasaban planeando y martirizaban pájaros. Una orquesta en el bosque, sí, música en la espesura, madera en la madera, sueño en el sueño. La superficie acristalada del lago ofrecía un aspecto resistente; se podía caminar por ella con pasos quebradizos sin demasiado peligro. Era esa clase de cosas que si luego cuentas nadie las cree. Te toman por mentiroso. Sin embargo, ella y yo nos acomodamos en un saliente menos mojado que el resto, decididos a no extrañarnos en exceso; parecía una especie de pupitre puesto allí para la ocasión. Sentamos a los niños en nuestras rodillas; nuestro pecho era su almohada; de inmediato cerraron los ojos y se durmieron. Aguardamos expectantes y sin mirar el reloj. Algún día, en el futuro, recordaré con emoción este momento y quizá sea domingo o lo parezca. Ella se quitó la gorra, se sacudió el pelo: por fin pude respirar tranquilo. Qué gran alivio. Luego apoyó su mano sobre mi corazón y escuché mis propias notas alborotadas, circulando a impulsos eléctricos a través de sus dedos. Uno de los dos sonrió al otro. Los dos pensamos lo mismo al mismo tiempo: que ya no podía tardar mucho en empezar el concierto.

Ciudad dormitorio

El mundo entero no es más que un ruido caliente
como la boca de un tigre.

Djuna Barnes

Durante un tiempo viví lejos, muy lejos, más allá del extrarradio. Llegar a mi bloque me obligaba a sincronizar los horarios de dos autobuses, un metro y un tren de cercanías. Por la noche aquel trayecto de dos horas sin luz suponía un gran sacrificio para una chica sola, era incómodo, hacía sufrir y daba miedo. Ni siquiera los revisores de nervios más curtidos se atrevían a picar los billetes de los pocos pasajeros que quedábamos, no fueran a salir al día siguiente en la crónica de sucesos del telediario con la cara pixelada.

La línea férrea estaba mal, padecía apagones, cortes, averías constantes, huelgas, retrasos y cancelaciones. El tren frenaba en medio de un descampado y se quedaba allí parado en dique seco sin explicación durante muchos minutos, a veces media hora, a veces menos. Sobre los raíles descendía la ducha eléctrica de los focos. Se deslizaban siluetas. Subían y bajaban sombras. A la luz vacilante del vagón casi vacío, dos o tres autómatas dormitaban su resaca del lunes disputando a gritos en sueños, entre ronquidos y patadas al aire. Alguien carraspeaba con una tos arcillosa.

Por fin, después de una eternidad, con un doloroso jadeo articular y un resoplar de acordeones, con una parsimonia exasperante, poco a poco aquella mole reanudaba pesadamente su accidentada carrera, los postes comenzaban a moverse cada vez más ágiles, a bailotear, a fluir, los puentes hacían flexiones y la locomotora de repente pegaba un acelerón y dejaba atrás los últimos cuarteles, las luces de la noria de un Luna Park, los nuevos barrios de rascacielos como pozos invertidos, hundiéndose hacia el cielo, con torres de plomo fundido, y lo más grande de todo: la mancha blanquecina de la bóveda de un gran centro comercial de reciente construcción, ahora apagado y desierto, tan grande o más –de eso alardeaba la propaganda– que la del Vaticano.

En medio de los planos negros que lo ceñían, el párpado gigantesco de la Bóveda, llovido del cielo, torcido, daba una sensación de creatividad y también de una cierta alarma, y al verlo sentía un escalofrío de qué bien-qué mal, porque yo había participado de algo extraño ocurrido allí dentro, que todavía era incapaz de explicarme y que intentaré narrar: una especie de crimen sin víctima.

Al otro lado del vidrio serpenteaba el cableado de un túnel, varios tubos de colores optimistas subían y bajaban y reptaban por la pared, alegrando la vista. La puerta batiente del W.C. golpeaba en cada curva, sin que nadie se molestase en ajustar el pestillo para acabar de una vez con tantos portazos, esparciendo un olor a establo. Un viento gélido se colaba por las rendijas de las ventanillas, mal selladas por la silicona, y emitía un silbido casi espiritual de una tristeza feroz.

La megafonía del tren estaba mal sincronizada, por lo que anunciaba a destiempo nombres de estaciones que ya habíamos dejado atrás, otras que correspondían a una línea distinta, o bien anticipaba con énfasis la llegada a destinos inexistentes, con nombres que parecían inventados por humoristas: Surtidor, Limonares, República. Un comité de árboles, de un blanco uniformado, nos daba la espalda formando barrera con aprensión, recelando. Manotazos de lluvia creaban momentáneas torres líquidas para a continuación claudicar y deshacerse en destellos llorosos. Todo tan susurrado, tan evasivo, tan alfabeto Morse, que entraban ganas de, no sé, de huir de nuestras culpas o de arrepentirte de algún delito.

Sin embargo, lo peor de esas noches aún estaba por llegar; el momento crítico se producía al traspasar el cinturón industrial, cuando –coincidiendo con las campanadas de la medianoche– el tren se internaba en un páramo de favelas habitadas por una tribu de criaturas esqueléticas, ojos saltones y mejillas chupadas, que de pronto resucitaban al paso del convoy y se ponían a dar saltos y volteretas por los terraplenes, tiritaban de fiebre o permanecían agazapados en cuclillas, formando corro en la oscuridad, encorvados junto a las vías, aplicando la llama de un encendedor debajo de una cuchara.

En una ocasión apedrearon el tren, con intención de dañarnos, supongo. Si no ocurrió una desgracia, fue debido a la casualidad y a su mala puntería. Y aunque por suerte ningún proyectil dio en el blanco ni atinó a romper los cristales –lo que hubiese supuesto una crisis de brechas y frentes rojas–, el techo del vagón sí retumbó con un redoble de tambores, de mal agüero, que quedó resonando en el aire y nos dejó a todos perplejos y sobrecogidos.

Ciudad. Hay una hora en la que no está claro si subes al último metro de la noche o al primer metro de la mañana, si vas o vuelves, una hora morfina, ni sí ni no, entrecruzada, ni dormida ni despierta, con ojeras violetas de cansancio por trasnochar demasiado o por no trasnochar lo suficiente, tanto da, el resultado es el mismo, la hora en que los vagones vacíos circulan yendo o viniendo de las cocheras, recién desinfectados, con las ventanillas chorreantes de jabón, como si acabasen de emerger del fondo del mar.

Esa hora. Esa luz. Esa explosión solar entre dos bloques de casas. Ese resol naranja de pájaros y jaulas. Ese momento casi hipnótico de desajuste cronológico en que dos mundos paralelos se superponen y por un instante se cruzan, sin reconocerse, inconsolables ambos, el primer empleado del día llevando una tartera y el último juerguista de la noche llevando una rosa teñida.

Yo vivía lejos, muy lejos, más allá del extrarradio, en un piso compartido con estudiantes. Madrugaba tanto que veía otra ciudad, todavía hinchada de sueño, sin porvenir, con todos los cines cerrados, los últimos harapos de niebla sobre las calles húmedas y los barrenderos empujando el carro de la basura igual que otros empujan el cochecito del niño. Yo no sabía –me enteré entonces– que hay grupos de cazadores que se reúnen a esa hora en los parques, con sus escopetas cargadas y sus jaurías de sabuesos, y que desde allí se dirigen a los bosques con intención de abatir sus grandes trofeos: osos, lobos, águilas. Antes de irse los cazadores bebían café de un termo y consultaban sus mapas.

Luego partían con gran disciplina, dispuestos a vaciar sus cargadores contra un pato, haciendo sonar sus fiambreras y dejando a su paso un reguero de ladridos y ese olor muy trabajado de cuero, perfume y tabaco rubio que emanan las clases privilegiadas.

En el centro urbano se pudrían por los pies las estatuas, los parquímetros y los conserjes de los ministerios, mientras en los pisos del extrarradio, aquí mismo, a nuestro lado, crecen adolescentes revestidos de tatuajes y piercings, sudaderas con capucha de aspirante a campeón de los pesos pesados, que salen de su casa como otros saltan al ring, dispuestos a boxear con las calles, contra las calles.

Madrugaba tanto. Carecía de ingresos suficientes para alquilar un apartamento en el centro o para pagar las cuotas de un coche. Revolviéndome en mi asiento del transporte público, con sueño y frío en el alma, no podía dejar de dar vueltas alrededor de la bóveda blanquecina del gran centro comercial más grande que el Vaticano que se acercaba y retrocedía, quedando unas veces a nuestra derecha y otras a nuestra izquierda, y al verlo yo seguía sintiendo un escalofrío de qué bien-qué mal, porque allí dentro había ocurrido ese suceso extraño y sin explicación de un crimen sin víctima. Algo desagradable y al mismo tiempo liberador. Una cosa entre trágica e insignificante, como la autopsia de un gato.

Me lo imaginaba sin nadie dentro, los probadores desiertos, los maniquíes de la sección premamá congelados en su embarazo eterno, la maquinaria de las escaleras mecánicas desconectada y quieta, un poco mustia, la inmensa sonería de los ascensores parada, con sus lianas colgando, todo el trasiego tropical del día transformado en soledad y sosiego. Nada comparable con los pasillos invadidos hasta hacía bien poco, durante toda la jornada comercial, por el duro murmullo voraz de los consumidores, el pataleo de los niños en la sección de juguetes y el cacareo repetitivo de las máquinas registradoras en ese tiempo muerto en que los dependientes, con la mirada soñadora, incluso poética, aguardan a que se imprima el ticket de compra para que el cliente lo firme justo aquí, en esta línea de puntos.

Conocía de memoria ese centro comercial y podría recorrerlo a ciegas, con los ojos vendados, sin tropezarme, no en vano había trabajado allí todas las mañanas durante cerca de seis meses como vendedora. Me llamaron para hacer una suplencia, cubría una baja por maternidad. No era más que un empleo de ocasión, nada importante, uno más, tan solo una tapadera para ganar algo de dinero (quiero decir, de tiempo) que me permitiera tener la cabeza despejada de otros sueños, aplazando el momento de tomar decisiones importantes, mientras esperaba con ansia la llegada del gran día en que por fin –por fin– averiguase qué quería hacer con mi vida.

Mi vida no era yo; eran tijeras y perchas, muebles y tenedores, despertadores y lectores ópticos de códigos de barras. Mis días estaban llenos de manos, manos tan hábiles para manejar paquetes, para envolver regalos, contar monedas, devolver el cambio, había una sensualidad de las manos, un erotismo de tactos, se tocaban las cosas y las cosas la tocaban a una, se sentía calor o frío en la yema de los dedos, roces, cosquillas, picores. Las manos te llevaban a otras manos, al manejo de guantes y pitilleras, a la colocación de ramos de flores y marcos, doblar y desdoblar toallas. Se abrían, se cerraban, se prestigiaban con cremas, ágiles y nerviosas, siempre predispuestas para la caricia o el arañazo.

No era la única; allí coincidimos un grupo de solteras con poca o nula preparación laboral que recurríamos a ese empleo para completar otro sueldo o como forma de sufragarnos los estudios. En total, éramos cinco amigas: Lucía, Silbia con be, Elisenda, Sofía y yo. No sin dolor, me pregunto qué habrá sido de ellas, cómo les habrá afectado la vida.

El primer día de trabajo en la Bóveda nos colocaron a todas en fila y nos entregaron nuestros uniformes: blusa marfil, falda azul marino, chaqueta a juego con hombreras. Nos hicieron firmar un recibo donde se especificaba bien claro que, en caso de desperfecto o extravío, el importe del arreglo o la sustitución se nos descontaría del sueldo. Nos explicaron cómo se fichaba. Nos asignaron una taquilla a cada una donde podíamos guardar nuestras pertenencias y nos dieron una llave –dorada–, con la recomendación de no perderla.

Ese hombre de sonrisa lenta encargado de supervisarnos era el señor Toler. Calculo que debía de tener unos treinta años o puede que alguno más, no muchos. Toler era rubio, el pelo le clareaba hasta convertirse en vapor de pelo (alopecia prematura), de aspecto alicaído, y sonreía, sonreía sin parar luciendo su dentadura perfecta de incisivos alineados, pese al poco respeto que le teníamos y a lo mal que le tratábamos. Los empleados de la planta sexta le miraban con aprensión y evitaban tocarle, retrocedían al verle, todos rehuían su contacto como si estuviese apestado, aunque él disimulaba, parecía no darse cuenta de nada y al día siguiente insistía en imponernos su presencia sonriente y enferma.

Nunca discutíamos sus órdenes, ni le llevábamos la contraria, nos limitábamos a asentir y a no cumplirlas. Un extraño rumor circulaba por los probadores; se decía que después de haber sufrido un infarto, en una operación a vida o muerte le habían implantado un corazón de vaca. Imaginarse aquella víscera de res mugiendo con suave regularidad en la cavidad torácica del señor Toler, debajo de su chaleco barato, era una visión que bastaba para sumirte en la consternación, amargarte el sabor del primer cigarrillo del día y arruinarte el apetito a la hora del café con ensaimada de media mañana, si es que aquel rumor era cierto, lo que nunca llegó a verificarse.

Los domingos libres los dedicaba por entero a descansar, reponerme y a lavar el uniforme, tenderlo, esperar a que los rayos del sol lo secasen, planchar la blusa, la falda. Si un botón de la chaqueta se aflojaba, volvía a coserlo. Una vez limpio y planchado, lo colgaba de una percha del armario y me quedaba mirándolo, con una concentración un tanto meningítica, sin pestañear, toda la tarde, a la espera de que llegase la mañana del lunes y la obligación de fichar.

En dos o tres ocasiones mi prima Mirene vino a buscarme para pasar el día en la playa. Cuando llegábamos allí, no sé por qué razón, siempre resultaba ser o demasiado pronto o demasiado tarde para darse un chapuzón, nunca era la hora oportuna. Así que Mirene y yo nos quedábamos en la orilla del mar, tumbadas en una roca, espiando la felicidad de los otros (lo que siempre resulta un poco obsceno), escuchando el repicar de las olas, jugando con la arena gris, amontonando erizos y pequeñas caracolas, fumando al sol en bikini, embadurnándonos de aceite el cuerpo, dormitando en las toallas o leyendo un libro de poemas, lo cual no sirve para nada pero te deja el pelo más suave.

Mi prima Mirene decía que nos bañábamos en luz.

Un padre enseñaba a su hijo la técnica para hacer volar una cometa.

Nos acercamos a la orilla del mar y las olas se revolcaban como galgos en la arena.

Mi prima Mirene se agachó a recoger de la arena una tecla de ordenador escupida por el oleaje: la letra Q.

En definitiva, yo tenía un empleo, un uniforme con hombreras, un sueldo, un contrato temporal, una tarjeta de la Seguridad Social, una libreta de ahorros, era joven y soltera, qué más podía pedir. Los ojos plateados de Chris, poco a poco, iban borrándose de mis pensamientos, junto al hecho de que llevaba quince días sin responder a mis llamadas, aunque su recuerdo aún me quemaba con un refinamiento de astillas clavadas bajo las uñas.

Fuera del horario laboral, solo me quedaban fuerzas para cenar con el pijama puesto un bocadillo de jamón o, como mucho, una ensalada de lechuga trocadero aliñada con vinagre balsámico de Módena, que seguro que era bueno para algo. Desde la ventana de la cocina distinguía el intrincado dibujo de los raíles y veía maniobrar los trenes de cercanías, esos mismos trenes que me conducían al trabajo de día y me devolvían a casa de noche, cansada de fatiga acumulada, a lo largo de trayectos durante los que percibía un ligero cosquilleo en la nuca, la presión de una mirada ajena, su peso, y no podía evitar sentirme vigilada en todo momento, como si alguien, no sé quién, una cámara con teleobjetivo, me espiase a mis espaldas. Me daba la vuelta con rapidez, tratando de sorprender al intruso; pero allí no había nadie.

Al otro lado de la ventanilla se agitaban masas de bosques, su violenta espuma verde, los árboles hervían haciendo mecer sus ramajes y eructando un pájaro o dos de su copa. Aquí y allá clareaban senderos jaspeados que se clavaban en la espesura, jardines con columpios y toboganes para niños bien nutridos, chalets en los que se celebraban fiestas o se entreveía el brillo sedoso de un televisor encendido, fulgurando en la tiniebla, con sus luces movedizas, y una piscina de aguas quietas en cuya superficie flotaban, ignoro por qué razón, abiertos y empapados, media docena de libros.

Y ciervos. A menudo los faros del tren sorprendían algún ciervo agazapado, o una cría que pastaba, alzaba la cabeza y se quedaba mirando con resignación el paso de aquella caravana tan molesta, fea y ruidosa, conmigo en su interior, que había que soportar sin más remedio, hasta el momento en que el monstruo se perdía de vista y se evaporaba allá lejos, sin dejar la menor huella, como si toda nuestra vida no fuese más que un sueño visto a través de los ojos de un cadáver.

(Demasiado tarde, me temo. Cuando nosotras nacimos, todo el amor del planeta se había gastado ya. Liquidado. Exhausto. Exprimido. Después de generaciones y generaciones de bípedos implumes dedicados a la tarea de amarse sin interrupción, ya no quedaba mucho amor para nosotras, las nuevas. Quedaba solo un hilillo, un resto, una viruta, para repartir entre todas. Y con esa simple menudencia había que conformarse y vivir, nosotras y los ciervos.

Nos conformamos. Vivimos. El poco amor que quedaba estaba dicho en los libros, en las películas, en los telefilmes, en las óperas, clavado en las paredes de los museos, custodiado por vigilantes armados, e incluso tallado a gritos en las puertas de las letrinas con su caligrafía subnormal y su voz rota de cisterna, ahí fuera, pocas veces en la vida real. Desde luego no estaba en los vagones de cercanías que hacían la ruta nocturna zarandeando favelas, ciervos y pasajeros. Los ojos se cerraban de agotamiento, los paquetes se deslizaban, los cogotes suplicaban una segunda oportunidad. ¿Con qué estaría soñando mi vecino de asiento? Sus carrillos se inflaban y desinflaban, parecía estar soplando una gaita imaginaria. Sus manos gruesas, encordadas de venas, apoyadas sobre los muslos con las palmas hacia arriba, eran langostas cocidas. Hombre precavido, para no perder su billete lo llevaba cuidadosamente insertado en lugar seguro, entre la muñeca y la correa de su reloj de pulsera.

Así era todo, noches y días, ocio y empleo, escasez y abundancia. El silencio de Chris. Algunas jornadas, ya tarde, mientras estábamos trabajando en el departamento de ventas, cuadrando la recaudación antes de cerrar la caja y marcharnos a casa, se producía un corte de luz y nos quedábamos a oscuras. Esperábamos expectantes durante varios minutos, muy serias, en silencio, como aguardando ciegamente algo, no sabíamos qué, sintiéndonos raras, casi huérfanas, acongojadas en medio de un túnel, y en el momento de reanudarse el suministro eléctrico se desencadenaba un pequeño concierto mecánico en forma de ajuste de aparatos que emitían pitidos, gorjeos, alarmas reprogramándose, bobinas reiniciando su función interrumpida, carraspeos del fax, sonajeros, y en ese anárquico estruendo musical de juguetería se cifraba tal vez todo el dolor y la felicidad de las máquinas expresando en su lenguaje la satisfacción por volver a la vida, como si dijesen con un suspiro de alivio: nosotras también, chicas, también estamos contentas de no estar muertas).

Llevaba trabajando en la Bóveda cerca de seis meses, cuando cierta mañana sonó el interfono del almacén y el señor Toler graznó:

–Alegra Zarco: sírvase presentarse en mi despacho.

El tono perentorio de aquella orden me provocó un sobresalto. Tuve un mal presentimiento. Yo nunca había estado antes allí y me preparé mentalmente para lo peor. No soy ni valiente ni cobarde; pero estoy acostumbrada a viajar sola de noche en un tren de cercanías. Así que estaba dispuesta a enfrentarme a Toler y defenderme de él clavándole las uñas en la cara, arañándole si se le ocurría propasarse. No sé por qué, pero me alegré de haberme lavado el pelo esa mañana al ducharme. ¿Qué querrá este ahora? Con un nudo en el estómago descendí ocho plantas en el montacargas, pasé bajo un rótulo de advertencia que decía: *PRECAUCIÓN: SUELO RESBALADIZO,* y luego me abrí paso por el reverso del edificio a través de un laberinto pardo de almacenes rebosantes de torsos de maniquíes degollados, tumbonas de playa, barbacoas, almohadas cervicales y kimonos, mientras me alisaba la falda, me estiraba bien las medias, me ajustaba los pendientes y colocaba en su sitio las cuatro horquillas del pelo.

Llegué dispuesta para la batalla. Golpeé la puerta con la palma de la mano abierta, no con los nudillos. El señor Toler asomó la mata rubia de su vapor de pelo (alopecia prematura), cerró la puerta con suavidad a mis espaldas, sonrió con nerviosismo mostrando su dentadura perfecta de incisivos alineados, se aclaró la garganta, se la aclaró de nuevo, tragó saliva y dijo en aquel tono desapasionado de encargado de sección que deseaba pedirme, uh, un favor muy personal. No sabía por dónde empezar. Los dos guardamos silencio, a la espera de que él continuara. El señor Toler tenía los ojos rojos y todo el aspecto de haber estado llorando. En ese momento sonó el timbre del teléfono, la conversación quedó postergada y tuve que aguantar un buen rato de pie a que terminase de hablar.

Era un despacho realmente pequeño, vulgar, sin ventilación, caluroso, sofocante incluso, perdido en algún rincón del submundo de las catacumbas de aquel edificio inteligente, capaz de calcular él solo sus necesidades, anticiparse a los antojos de sus ocupantes y regular por sí mismo la intensidad de la iluminación. Un gran ahorro energético. El ordenador de Toler, puesto en modo de reposo, lucía un salvapantallas de Lara Croft. Al fondo un archivador rebosaba de carpetas y expedientes, había papeles por todas partes, tazas usadas con posos de zumo sin retirar, un cubilete para los dados, un perchero cargado de espaldas con un sombrero de safari y un solo brazo del que pendía, flácida, la tira de una corbata burdeos. Una mampara metálica dividía en dos mitades el cubículo, que vibraba con un sordo retumbar como de rotativas de imprenta: dum-dum, dum-dum.

Allí pasaba sus días aquel corazón de vaca, sin recibir la luz del sol, entregado a sus quehaceres, alineando sus folios, mascando chicle, atendiendo con su sonrisa lenta a los proveedores y echando a suertes a qué empleada solicitarle «un favor muy personal». ¿Funcionaría igual con las demás chicas? ¿Con Lucía, Silbia con be, Elisenda o Sofía? ¿Lo habría intentado con todas? Quién sabe si tendría ensayadas las palabras, frase por frase, o si se dejaba arrastrar por la inspiración del momento e improvisaba según los casos.

Cuando el señor Toler terminó de hablar por teléfono, colocó muy despacio el auricular en su molde y se secó el sudor de la frente con un pañuelo de tela, que luego volvió a doblar con todo cuidado respetando sus pliegues originales, antes de devolverlo al cajón.

–¿Estás casada, Alegra? –me sonrió.

Los ojos plateados de Chris resplandecieron un instante y luego se convirtieron en dos brasas microscópicas del espacio antes de desvanecerse, reabsorbidos por la ceguera y la nada. Negué con la cabeza.

–¿Tienes novio? ¿Algún, digamos, amigo especial? ¿Pretendientes? ¿No estarás embarazada, verdad?

Debió de notar mi incomodidad, puesto que se apresuró a añadir:

–¿Estoy siendo indiscreto? Lo siento. Si es así te suplico que aceptes mis disculpas. No te lo pregunto como superior jerárquico, uh, sino como compañero, de colega a colega, sin más. Que conste que no tienes obligación de contestar si no quieres, uh. Es solo que…

Entonces me acordé del corazón de vaca, hinchándose y deshinchándose entre la maraña artificial de su pecho lleno de cables, debajo de la camisa mil rayas, no sé por qué sentí pena de aquel hombre, sentí pena de todos los hombres en general, por el sexo masculino, tan limitado, y volví a negar con vehemencia.

–Bravo, bravo –respondió frotándose las manos de satisfacción–. Mejor así. No imaginas la suerte que tienes ni los problemas que te ahorras. Si tú supieras. Ahora estoy desconectado del ambiente pero yo también he vivido lo mío, no creas, comprendo bien lo que se cuece en esos antros bohemios.

El zumbido constante del fluorescente del techo me oprimía las sienes. No entendía qué tenía que ver conmigo todo este interrogatorio. ¿Adónde quería ir a parar? Él se quedó esperando en vano a que hiciese algún comentario, objeción o pregunta. Esto dio lugar a un breve silencio, que los latidos regulares de las rotativas de imprenta ayudaron a sobrellevar: dum-dum, dum-dum.

A continuación el señor Toler me indicó con la barbilla una caja de cartón cerrada que descansaba sobre su mesa. Era una caja corriente, marrón, del tamaño aproximado de una caja de zapatos, pero perfectamente cuadrada. Me quedé mirándola.

–¿Ves esto? –me dijo–. Perfecto. Es una caja, ¿no? Estamos de acuerdo. Pues el favor que quiero pedirte es que me libres de ella cuanto antes. Que te la lleves de aquí y la tires donde sea. Yo ya no puedo más. Ya ves qué sencillo. Qué opinas. ¿Podrás hacerlo?

Ante mi mirada interrogante, se consideró en la obligación de añadir algo.

–El caso es que estoy metido en un gran lío –sonrió el señor Toler–. Toda la culpa es de esta caja. Verás, por diferentes motivos no puedo ocuparme yo de deshacerme de ella. Es una historia muy larga, muy complicada, para qué aburrirte con los detalles. Mejor prescindamos de los detalles. Esto que te pido es un favor muy personal. Será nuestro pequeño secreto, uh.

Mi primer impulso fue abrirla, ante lo cual el señor Toler interpuso la palma abierta de su mano en señal de prohibición, con el gesto imperativo de quien ordena detenerse a un taxi en una noche lluviosa.

–No, no, no. Ni se te ocurra destaparla ni mires lo que hay dentro, por mucha curiosidad que sientas. Cuanto menos sepas, mejor. No hagas preguntas indiscretas ni hables de ello con nadie. Tírala sin más, por tu bien, y olvídate del asunto. Te resultará más fácil si no sabes qué contiene.

Me quedé observando aquello, con desconcierto. De modo que me había convocado a su despacho del sótano para pedirme esto. No me esperaba nada parecido; estaba sorprendida y también –lo admito– un poco decepcionada por aquel giro imprevisto de los acontecimientos. De modo que yo también sonreí, pero de fastidio. Y los dos, sonrientes, nos miramos.

Él no debía de estar muy convencido, porque me exigió:

–Tienes que darme tu palabra de que, pase lo que pase, no abrirás esta caja *nunca.*

–Le doy mi palabra, señor Toler.

En ese momento la caja, colocada encima de la mesa del despacho del señor Toler, en medio de nosotros dos, dio una sacudida y se movió. No mucho. Solo unos pocos centímetros. Hacia la izquierda.

Retrocedí un paso. Las paredes parecieron comprimirse, el despacho disminuir de tamaño, el oxígeno agotarse. Todo indicaba que la caja contenía algo vivo, tal vez un cachorro de animal, murciélago o alimaña, algo viscoso, quizá –desvarié– con colmillos y patas terminadas en pequeñas garras o pinzas o diminutas manos infantiles que se agitaban, arañaban y se clavaban en el cartón, al tiempo que emitía una especie de ligerísimo arrullo, apenas audible, parecido al de un bebé.

–¿Es una broma? ¿Qué se supone que debo hacer con *eso*? –pregunté con cautela y un principio de terror.

El señor Toler tamborileó con los dedos sobre la mesa, en señal de impaciencia; no, no era una broma.

–Haz lo que te apetezca, Alegra. Yo qué sé. Tírala en algún vertedero. Ahógala en un río. Entiérrala en lo más profundo del bosque. Préndele fuego. Destrúyela. Líbrame de esta pesadilla cuanto antes. Te lo suplico, Alegra, te lo suplico. Sobre todo sé eficiente. No dejes huellas.

Yo, poniéndome en lo peor:

–No serán ratas, ¿verdad?

El señor Toler, casi feliz, telegráfico:

–Ratas no.

Lo que fuera que hubiese dentro de la caja de cartón dejó de zarandearse y gemir. El latido de la rotativa cesó después de un solo «dum». El zumbido de la lámpara del techo calló durante un momento. Hubo un intervalo de silencio paradisíaco en el que casi pude pensar. Vi con claridad que el señor Toler me estaba proponiendo formar parte de alguna clase de venganza sucia, quizá sangrienta, de final imprevisible, cuyo verdadero alcance se me escapaba. Entendí que estaba loco, y que esa locura suya era real y contagiosa; y lo que más me preocupaba de todo era que yo no era insensible a esa locura, sino que notaba que me atraía poderosamente, me excitaba, ejercía sobre mis nervios una enorme fascinación que podía enredarme con sus tentáculos y arrastrarme junto a él en su caída.

El señor Toler sonreía.

Debía andarme con cuidado, ya me había sucedido antes al menos en otras dos ocasiones, en el pasado, con otros Tolers iguales o peores, con más o menos pelo, con incisivos más o menos alineados, que lograron embaucarme con sus tejemanejes masculinos de maneras suaves, promesas incumplidas, astucia, sexo y dinero, para al final amanecer sola entre las sábanas revueltas de una cama de hotel, después de haber exprimido mi ternura y lo peor –quiero decir, lo mejor– de mí misma.

(Quince días sin responder a mis llamadas. Chris. Ojos plateados. Quince días. Chris. Astillas clavadas bajo las uñas).

Me había jurado que no, que no volvería a caer en esa trampa, que no cedería de nuevo al chantaje ni a las caricias, que me mantendría firme y segura, apartada de esa droga, de esa emoción, de esa música romántica, en un segundo plano afectivo, en las ocasiones en que la tentación llamase a mi puerta de súbito disfrazada de vértigo halagador y sensación de culpabilidad. La caja marrón se movió de nuevo, gimoteó con desgana.

Todo daba vueltas en mi cabeza.

Cabía otra explicación más sencilla: me estaban poniendo a prueba. Yo era parte de un experimento que llevaban a cabo para estudiar mis reacciones, medir mi determinación y coraje (mediante porcentajes y gráficos), con vistas a un proceso de selección en el que evaluar si era la candidata idónea para la promoción o el despido, para el traslado o el paro.

Volví a sentirme observada, igual que me sucedía en los trenes. Noté el mismo picor en la nuca, un cosquilleo de filamentos que me recorría la espina dorsal bajo el peso de la mirada escrutadora de una cámara con teleobjetivo, parapetada tras la terminal de un panel de monitores –con mi cara multiplicada en todos ellos– desde el cual toda yo era sopesada, analizada y juzgada por un comité de sabios vestidos con batas blancas, en uno de esos laboratorios asépticos donde se experimenta con sangre humana y con simios.

Era todo teatro; en la caja había un juguete a pilas, un teleñeco mecánico, o una marioneta con voces grabadas. El destino que estaba en juego no era el de ese cacharro, sino el mío. El fallo debía de estar en mí, ya que el sistema no tiene fallos, por algo es un sistema. ¿O tal vez sí? El tiempo corría, tenía que decidirme por una opción o por otra. No podía prolongar más esta espera. Ay, qué gran dilema. ¿Dónde estaba la luz?

El señor Toler sonríe. El tren entra en la estación. Su sonrisa parece una fotocopiadora con atasco de papel. Los pasajeros recogen sus pertenencias, dispuestos a saltar al precipicio. Su vida es este despacho (que también es una caja ruidosa), mientras mi biografía actual está hecha a partes iguales de trenes nocturnos, lluvia de pedradas, cazadores en los parques y ciervos pastando entre las estrellas. Los andenes rebosan de una humanidad comprimida. La megafonía discute consigo misma. Un ángel anuncia una marca de queso para untar, tan cremoso que no es de este mundo. El señor Toler me mira. Mi vida no soy yo. La vida es publicidad engañosa.

–Te pido, eso sí, que actúes con discreción –me rogó el señor Toler–. Todas las precauciones son pocas. Hay que ser profesional. Hazlo a una hora en que nadie pueda verte, mejor durante el almuerzo. Tómate el día libre, uh, si crees que lo necesitas. Mejor aún: tómate la semana entera. Yo mismo te firmaré el justificante médico. Créeme que te quedaré muy agradecido y sabré recompensarte. Son méritos, uh. Estoy pensando en renovarte el contrato, hacerlo indefinido, con un aumento de sueldo. Ganarás dinero en abundancia, podrás comprarte un coche y tener tu propia plaza reservada de aparcamiento. En esta Corporación tienes un gran porvenir por delante, de eso me encargo yo, *for the record.* Estamos hablando de ascensos a puestos de responsabilidad. Eres una persona que inspira confianza, Alegra, una gran mujer, por eso te lo he pedido.

Pobre Toler, pequeño y revirado, con su calvicie extralimitada y su inglés de parvulario, sus manitas ocres, difuntas, parecidas a huchas, sonándole dentro de los bolsillos. Seguro que alguna vez, de vez en cuando, será feliz él solo, así quieto, sin motivo alguno, porque sí, pensando en sus asuntos. Y sonreirá satisfecho, contento de ser Toler y dándose su aprobación. O no; o padecerá un corte de digestión y se le hará eterno el domingo, solo en su apartamento, aburrido, limpiando con un trapito húmedo el mando a distancia del televisor. O deseará no haber nacido o ser otro o cambiar de vida, un poco como todos.

–Tú no te preocupes, Alegra, que no va a pasar nada. Pero si pasa algo, que no va a pasar, yo te cubriré.

Su voz sonaba lejana. Vi cómo el señor Toler encogía de tamaño, se hacía pequeño y se transformaba en algo insignificante, un ser minúsculo, en una bola, al fondo de su despacho liliputiense, parapetado detrás del escritorio liliputiense, hundido en su butaca liliputiense, vi disminuir su estatura hasta caber en la palma de la mano mientras se esforzaba por caer simpático. Casi ni le oí cuando musitó en un susurro, con un hilo de voz apenas audible: «Tu propia plaza reservada de aparcamiento... Hay que ser profesional».

La caja pesaba más de lo que yo suponía. Además, estaba un poco caliente. No parecía contener un objeto, sino una criatura viva. ¿Qué habría dentro? El material de oficina, por regla general, no llora. Ya empezaba a arrepentirme de haber dado mi palabra de no abrirla.

Cargué con aquel bulto a través de los hondos corredores, sinuosos como tubos gástricos, interminables, segmentados en secciones por gruesos cortinones de plástico empañado, igual que en las salas de urgencias de quirófanos y aeropuertos. Tenía la espalda empapada de sudor. Aturdida, deposité la caja a mis pies. Hice un alto en el camino de regreso a la superficie para fumarme dos cigarrillos seguidos en una zona sin acotar en la que estaba prohibido fumar y te multan si te descubren. Poco a poco las piernas dejaron de temblarme.

–Cuidado, Ale, cuidado. No te precipites. Te conviene hacerlo todo con mucha prudencia y mucha precisión.

Alcé la caja y regresé lo más serena que pude a mi puesto de trabajo con el paquete a cuestas, disimulé, mentí a mis compañeros acerca de la naturaleza de la entrevista con el señor Toler, soporté con estoicismo sus bromas misóginas de mal gusto acerca de preferencias, posturas, tamaños y sabores. A nadie le extrañó que cargase con aquel bulto sospechoso, y no se les ocurrió preguntarme. La gente del gremio del comercio es poco curiosa.

Esperé hasta una hora apropiada. Salí por la puerta trasera con la caja debajo del vestido, fingiendo un embarazo poco creíble, rodeé el patio de cristal del edificio con su rampa para minusválidos y su piscina de bolas y volví a entrar por la puerta delantera, confundida entre los clientes del mediodía. A esas alturas ya me sabía el camino de memoria: tercer pasillo a la izquierda. Localicé mi taquilla, la abrí tranquilamente, deposité la caja con aquella criatura indefensa en su interior (no paraba de agitarse y suspirar, como si adivinase cuál iba a ser su porvenir), me aseguré de evitar las cámaras de videovigilancia, cerré con dos vueltas de mi llave.

–Adiós, Chris.

Escapé de allí a toda prisa, pero evitando correr. Abandoné mi puesto de trabajo sin despedirme y no he vuelto a aparecer por allí ni a dar señales de vida, ni a saber nada más del señor Toler ni de su caja con monstruo. La llave –dorada– la arrojé luego por la ventanilla del tren; la vi brillar un segundo antes de desaparecer, en medio de las favelas.

Bajé por la escalera de incendios y sentí el aliento de la brisa sobre mi cutis igual que si una mano balsámica me acariciase la frente con un maravilloso éxtasis de liberación, como nunca antes lo había sentido. Casi levitando dejé la Bóveda atrás y me alejé de allí para siempre mientras me alisaba la falda, me estiraba bien las medias, me ajustaba los pendientes y colocaba en su sitio las cuatro horquillas del pelo.

La calidad del aire

Lo siguiente que sé es que salgo de la fiesta el lunes por la mañana. Salgo, me echan, no estoy seguro. Pasó aquello. La música se interrumpió con un graznido. Estoy fuera, con los nudillos rojos. Nada que hacer en la calle. En aquella calle. Me quedo así, un minuto y medio, dos, deslumbrado por el sol, el corazón en las piernas. Mis zapatos. Alzo la cara hacia el cielo o hacia el odio. Me echan. Quiero perderme.

Perderse no es tan fácil. Requiere superar grandes obstáculos, huir de los lugares comunes, de los hábitos que nos cercan, esquivar escrupulosamente las caras conocidas de amistades y familiares para las que significamos algo y tenemos un pasado que nos narra. Sobre todo eso, las caras. Nada que recuerde la carcoma de la costumbre, asomando su gran cuerno de rinoceronte. Elegir, entre dos calles, la peor, la más húmeda, la que tiene el suelo borracho y un aire de cremallera abierta. Calles con cara de cremallera, eso puede ser la solución. Perderse es una disciplina para la que se necesita valor y algo de entrenamiento.

El paisaje cambia, la mañana. Los olores de las calles son diferentes, no me reconozco en ellos. Nada me suena aquí. Hay una tapia resentida con una bicicleta aparcada, un busto de yeso, coronas de flores al pie de las farolas donde alguien fue atropellado y perdió la vida. O un olor aplastado de carne y almacenes. ¿Dónde estoy? Doy vueltas al azar, por hacer algo. A base de internarme en zonas cada vez más remotas, consigo que mi mañana, poco a poco, vaya perdiendo su filo y aflojando su exigencia. Claro que todo esto sigue siendo demasiado teórico aún para mí, demasiado abstracto. Necesito, para reaccionar, una sacudida fuerte, sin miramientos, que me permita perderme. Compruebo con desagrado cómo, al detenerme en una esquina, siquiera escasos segundos, me siento menos perdido, más integrado en la corriente que me rodea. Formo parte de algo. Sin yo pretenderlo, todo se ordena en una secuencia coherente y el rojo de los árboles hace guiños al ojo irritado del semáforo que a su vez se compagina a la perfección con una nube que se sofoca en un cielo color sexo. A poco que uno observe algo con cierta demora, ese algo se convierte de inmediato en una coreografía.

–Fuera, fuera. Fuera con todo eso.

Me he dicho. Salgo huyendo de allí, decidido a mantenerme siempre alerta, al acecho. No debo olvidar mi objetivo, que sigue siendo perderme. Aun así, por momentos, la sensación de estar perdido se debilita, es frágil, solo consigo mantenerla fresca en la mente durante breves intervalos, a costa de una concentración insensata que me desgasta y ofusca.

La mano hinchada. Mi mano derecha cada vez más hinchada. Si no fuese por este dolor, hace horas que estaría muerto. ¿Qué es esto? Mis llaves en el bolsillo. ¿Qué es aquello de allí? Un ujier en su garita. Lleva, eso me parece ver, una especie de banda de académico que le cruza el torso en diagonal. Unas cuantas condecoraciones, incluso. Mide las baldosas de la acera mientras ruge al teléfono: «Sí señor. Sí señor. Eso desde luego. Tomaré las medidas oportunas para que no vuelva a repetirse. Desde luego, señor». La barba le zumba de satisfacción.

Necesito una pasión inservible. Ser yo quien tome la iniciativa y se adelante a los planes de la mañana, si quiero mantenerla a raya, después de lo que ha pasado en la fiesta. Nudillos rojos. Me quito el reloj y lo ato a la muñeca de una estatua. Eso parece ser algo, un signo, porque carece de explicación. Lo dejo allí y me alejo sin volver la vista, más tranquilo y envalentonado. Me obligo a más. La fiesta. Dicen que hay suicidas que se tiran al mar y nadan hasta un punto tan alejado de la costa que saben que ya no podrán regresar. No tendrán fuerzas para alcanzar la orilla. Exhaustos, morirán en el mar. Ese punto. Ese instante de iluminación. Ese momento preciso en el que uno decide dar una brazada más, la definitiva, la que le llevará a un lugar sin vuelta atrás. Ese gesto último.

Saco del bolsillo la billetera y las llaves. ¿No será demasiado? Las contemplo con cariño anticipado, por un instante, mis llaves, mi billetera, cuánto las quiero, las aborrezco, yo que tanto os he amado y ahora. Me entran dudas, nunca he sido valiente, a la hora de la verdad me encojo. ¿Me atreveré a borrar mis huellas? El mar estará frío. Mis llaves abren mi casa, donde vivo con mis muebles y mis espejos que reflejan los muebles que hay en mi casa donde vivo yo, mi billetera tiene departamentos donde doblo mi dinero y tarjetas plastificadas que aseguran que yo sé conducir y tengo tales años y soy quien digo ser y no otro.

Dudo. Estoy en medio de una avenida sin tráfico, con la billetera y las llaves en la mano, nadie me mira ni me sonríe, aprovecha, sería raro no hacer algo con ellas, ya es demasiado tarde para no hacer algo con ellas. Una vez que las he sacado del bolsillo, me quedo mirándolas, estoy obligado a hacer algo con la billetera y las llaves, sería descortés guardarlas otra vez. Al final, no me queda más remedio que actuar, yo mismo me lo he buscado, me lo tengo merecido. Hago, pues, el gesto de rendición. Aterrado de mí, oigo cómo caen rebotando por la rendija de una alcantarilla. Al fondo se oye un vacío chapoteante de tubos y agua profunda. Me he quedado sin dinero, sin documentos, sin llaves para volver a casa. Estoy perdido, ahora sí. La mañana retrocede, humillada. No se esperaba esto de mí. *Esto* me provoca arcadas. Nunca me había sentido tan menoscabado. Es todavía peor de lo que imaginaba. Me noto, durante largos minutos, horriblemente fuera de lugar, enfermo, con taquicardia y ganas de llorar, sin derecho a la existencia. ¿Qué has hecho, imbécil, qué has hecho?

Expulsado de la fiesta, expulsado de la risa. Después de aquello (no fue culpa mía, yo solo pretendía pasarlo bien), el mundo ha vuelto a ser un lugar inhóspito y crucial, emocionante. Si un coche me atropellase ahora, sería un cuerpo sin nombre que yace en el depósito. Y en cierto modo, lo soy. No puedo demostrar que sé conducir, no puedo demostrar mi identidad, no puedo demostrar nada.

Es una sensación física rara, menos alegre de lo que parece. Basta con que nos falten la billetera y las llaves para retroceder mil años, qué digo mil años, cien mil años de evolución, por lo menos. La billetera y las llaves ocupan, en el espacio, unos 10 cm^2. Toda nuestra civilización depende de esos 10 cm^2. Siglos de cultura y gastronomía, escuelas artísticas, movimientos teológicos, avances y retrocesos científicos, investigaciones filosóficas, tratados morales y políticos, teoría económica, sutiles disquisiciones entre el bien y el mal, la razón y el instinto, el cero y el infinito, y al final todo se reduce a esto: un cuadradito de piel o tela con otros cuantos cuadraditos dentro. Si nos sustraen esos 10 cm^2, no somos nada, lo perdemos todo, volvemos a la antorcha y al grito, a los sacrificios humanos con grasa y pigmento, a la noche de piedra de los grandes reptiles y al apetito hacia la carne humana.

Ahora sí, ahora me doy permiso para echar de menos mi billetera y mis llaves con una nostalgia lumbar de paraíso perdido, inconsolable, como jamás eché de menos el cuerpo desnudo de Diana bajo el chorro de la ducha o mi infancia. Su tacto, su dulzura, su música secreta. Leche y miel en mis dedos. Doy unos pocos pasos conmovido, bailando el claqué del dolor en la acera, ciego y sordo, dejándome llevar, ahora empiezo a arrepentirme de la ligereza con que he actuado, mis piernas van volviéndose de mimbre, tengo un cesto de ropa sucia en la cabeza, respiro serrín, me odio. Acabo de traspasar un límite. Los límites no están fuera, sino en el interior del bolsillo. He conseguido lo que quería pero es un triunfo mezquino, a mi costa, que sabe a cotización bursátil.

¿Y ahora qué? (¿Cuánto costará una cobaya?, me pregunto. Puedes comprarte una y llevarla en el bolsillo, así al menos notarás un pálpito caliente cerca de la entrepierna que te haga compañía. Busco, pues, una tienda de animales, aunque no pueda pagarla). Me he quedado sin reloj, sin billetera y sin llaves para volver a casa. La calle es una piscina de árboles de colores oxidándose en un embudo de placas, de sombras, de gimnasios, tengo hambre, tengo sed, me rugen las tripas, la tensión arterial por los suelos, estoy cansadísimo y esto es solo el comienzo, lo sé. Me espera una odisea interminable. Avanzo mecánicamente, brincando un poco, eso sí, con movimientos espasmódicos.

La mañana espesa de oficinas, lenta de parvularios, arenosa de aparcamientos. De repente se oye un grito. Todos me miran. ¿Habré gritado yo? No me parece. Por si acaso, disimulo. A mi lado, de la nada, aparece una mujer exuberante que también me mira aunque de otro modo, una mujer sin atributos, prefiero no describirla, para evitar orientarme. ¿Desde cuándo lleva ella aquí, mirándome? Parece tan perdida como yo, o incluso un poco más. Solo diré que no lleva bolso, sino que ella es su propio bolso, un bolso negro, con un broche aparatoso como cierre, una sola asa.

Qué orgullosa está ella de su broche, de su cierre, esa mujer, su bolso es el eje del planeta. El faro encendido que mantiene el ritmo de las mareas de los océanos. Gracias a ese bolso la tierra sigue girando, las huertas producen remolachas y los aviones despegan y aterrizan más o menos puntuales. Aunque todo vaya de mal en peor en su vida, el cierre de su bolso siempre hará clic, no importa en qué circunstancia, eso debe de suponer un consuelo enorme para ella. Tu vida es un desastre completo pero tu bolso hace clic, para qué quieres más. Me sigue, es evidente, me sigue. Me pregunto en qué momento empezó a seguirme, cuánto tiempo llevará siguiéndome.

Esto lo cambia todo. Lo siguiente que sé es que camino por la calle, seguido por una mujer exuberante con un bolso. No evito su presencia, pero tampoco la fomento.

Que haga lo que quiera, esta mujer exuberante, a mí qué puede importarme, si yo ya no tengo nombre ni carnet del videoclub. Me desentiendo de ella. Las casas son cada vez más lúgubres, pintadas de amarillo úrico, un barrio feo, semiasfaltado, con algunas plazas pueblerinas de arena con columpios donde unos cuantos niños juegan sus juegos prudentes, sin molestar a nadie. De mayores serán registradores de la propiedad o podólogos. Queda en el aire el vago temblor de una ambulancia que quizá pasó hace exactamente veinte minutos y catorce segundos, o quizá por aquí nunca pasó una ambulancia. Es lo que yo digo.

La pintura amarilla de las casas es demasiado reciente, se nota mucho, aún no se han acostumbrado a ese color y se las percibe incómodas debajo de esa piel tirante, sin reconocerse bajo los disfraces de ese maquillaje explosivo que no pega (aún) con el tono ceniciento del cielo y los árboles. Con el tiempo, con el roce de los días y las muertes, todo se irá puliendo y descascarillando en una mordedura común, qué remedio, aprendiendo a tolerarse como la distancia entre las orejas y la nariz en el rostro de un recluso. La pintura quedará como un tesoro enterrado. Y el ojo, entonces, no verá nada.

Me sale al paso la terraza de una taberna con mesas fuera, con toldos aburridos, me apena tanto esta taberna que no resisto la tentación de sentarme allí, pese al frío, pese a los inconvenientes, pese a la bomba atómica que nos amenaza a todos desde un cielo nuclear. Soy el único cliente de la mañana, tal vez el único en semanas o meses. Todo es extranjero y desangelado, justo lo que prefiero. Será solo un momento, un breve respiro en mi misión, tengo una aventura por delante que no puede esperar. En la mesa quedan migas petrificadas de alguna consumición pleistocénica. En el interior de la taberna, tras el mostrador, el camarero de dientes podridos, ni joven ni viejo, enjuaga algo en silencio bajo el grifo o piensa en la paraplejia de su hija menor, qué fatalidad, el médico del seguro dice que no se puede operar, las prótesis ortopédicas son caras, hay que ver, cuántas complicaciones y la niña está en un grito. Justo ahora cuando parecía que las cosas empezaban a enderezarse. Él tenía sueños, tenía planes, la posibilidad de regentar su propio negocio de repostería erótica. Llevaba meses, ensayando en el horno, formas fálicas y rellenos voluptuosos. Y en lugar de eso tiene que conformarse con estar allí, parapetado tras aquel mostrador de cinc, manoseando vasos por hacer algo y viendo al único cliente de la mañana (ahora llega otra a sentarse a su lado, menudo incordio), instalado en la terraza, sin intención de consumir, cuánto vago suelto.

Volvamos a mí. Estoy pensando en la correa de mi reloj, atada a la muñeca de una estatua, allá lejos, en un jardín o en el patio de una prisión, en mi antigua vida. Qué lejos queda todo, en eso pienso o respiro. Al cabo de un rato, sin pedir permiso, un cuerpo se desliza a mi lado, la reconozco, es ella, la mujer exuberante del bolso, la que me sigue a todas partes. Se sienta junto a mí sin hablar, no hablamos, mejor así, porque el diálogo acolcha y prefiero que nada mitigue la violencia de esta mañana única, ni me distraiga de su luz cavernosa. Lo que ocurre en el corazón, en el corazón se queda.

Entonces ella, yo diría que con delicadeza, aunque no estoy del todo seguro, pone su bolso frente a mí, y en ese bolso con broche que hace clic y sostiene el mundo ella empieza a rebuscar algo, entre recibos y píldoras. Un paquete. Envoltorios. Un inhalador para el asma. Se me ocurre la idea loca de que ella va a sacar de allí mis llaves y mi cartera, mágicamente recobradas del fondo de la alcantarilla. Pero no. Eso hubiera sido demasiado raro. Al cabo de un rato ella extrae, como si tal cosa, un huevo. Un huevo blanco, tan perfecto, casi la idea de un huevo.

La mujer lo deposita con suavidad sobre la mesa, un huevo suave. Deposita allí la blancura y el futuro.

Un huevo blanco, así escrito. Casi dan ganas de llorar, de tan enternecedor y tan huevo. El huevo sale del bolso del mismo modo que yo salgo de la fiesta. (¿Volver allí y disculparme por lo que hice? ¿Limpiar las manchas de sangre? Qué lejos está todo de mis nudillos). Ese huevo, allí tan solo, saliendo del bolso de la mujer exuberante que me sigue a todas partes, el bolso que hace clic, el huevo que hace clic, la gallina que hace cloc, la mañana que hace tanto dejó de ser mañana para convertirse en otra cosa para la que no tengo nombre ni lo deseo. ¿Qué puedo yo, un mortal, contra un huevo de gallina Leghorn? Contra ese laborioso acarreo del calcio y las estaciones, ese montoncito de blancura con su amarillo secreto dentro, su yema pálida, sofisticada por filas de incubadoras y por sartenes con fuego debajo. Ese huevo existía por anticipado antes de que yo lo mirase o imaginase que iba a encontrarme con él bajo el amparo de un toldo. Antes de esta mañana. Seguramente antes de salir de la fiesta hoy con una nueva inquietud en la mirada y ganas de algo así como perderme.

Se puede ver a través del cuerpo de las demás personas. No es tan difícil. Solo hace falta entrenarse un poco. Los órganos son transparentes. Las vidas son ectoplasmas al trasluz con ramificaciones de sangre, se enredan unas con otras, se enlazan, se separan, dejando a su paso, después de que todo termine, un rastro de luz removida.

La música se interrumpió con un graznido. Pasó aquello. Se dijeron cosas, saltaron algunos cristales. No sé por qué me empeño en seguir llamándolo fiesta. Fiesta no fue.

Estoy en el umbral de un barrio desconocido, en una terraza con migas, al alcance de una mujer exuberante que ha puesto un huevo en la mesa. No tengo dinero para pagar las consumiciones ni casa a la que volver. Quizá fuese esto lo que buscaba, no me atrevo a afirmarlo. Pienso que aún falta algo. No sé qué es. Echo de menos un poco de compañía. Ojalá que pronto otros hombres sin billetera, otras mujeres sin llaves, expulsados de otras fiestas, vayan sumándose a nosotros. Para rodear a nuestro huevo de ojos y de bocas, para abrigarlo quizá, para escribirlo. Un huevo manuscrito entre una multitud de náufragos. Esto, después de todo, no ha hecho más que terminar. Dentro de poco, si hay suerte, estaremos todos perdidos.

Los horarios cambiados

a Andrés Neuman

I. Título de transporte

A tal carácter, tal maleta. Yo llenaba la mía de forma accidentada, poco científica, aleatoria, guiado por el único afán de terminar cuanto antes, pues nunca me ha gustado hacer maletas ni deshacer maletas ni pensar en las maletas. Para Tricia, en cambio, hacer la maleta suponía un gran esfuerzo mental, exigía un alto nivel de concentración y vigilancia, por lo que dedicaba muchas horas, incluso días enteros, a planificar de manera concienzuda su equipaje sin olvidarse de nada: ropa perfectamente planchada, zapatos con su bola de papel dentro para evitar que se deformasen, medicinas clasificadas por tamaños, maquillaje en su correspondiente departamento, cremas y lociones (que trasvasaba de sus envases originales a otros más pequeños, comprados para la ocasión, que eran iguales a los que tenía en casa pero jibarizados) y hasta comida: alimentos dietéticos, difíciles de conseguir en según qué sitios.

En un compartimento especial guardaba un puñado de joyas sin valor, pulseras y brazaletes, además de un colgante en forma de fresa que solía ponerse cuando estábamos enfadados, regalo de esa otra persona que no nos interesa.

De un cuarto a otro se producía un fluir de prendas, de cajas, de perchas, un trasiego de termos, en el apartamento tenía lugar un desplazamiento ritual, con cajones volcados y recetas de farmacia, que recordaba el escenario de un robo, un terremoto o un plató de televisión, justo antes de empezar a rodar el episodio piloto.

Tricia se movía con cautela por el piso, apartando bultos del suelo con el costado del pie. Anotaba listas de cosas en servilletas de papel que luego arrugaba y desmenuzaba en trozos diminutos. Dudaba. Rectificaba. No se quedaba conforme. Perdía el apetito. Enfermaba. Saltaba de la cama en plena noche y corregía algo.

Aunque estábamos casados, cada uno preparaba su equipaje por su cuenta, sin consultarnos. Habíamos acordado tácitamente no inmiscuirnos en las manías del otro a la hora de viajar. Funcionó bastante bien durante el tiempo en que los dos lo respetamos, hasta el día en que aquel pacto se rompió.

Sobra decir que la maleta de Tricia era mucho más voluminosa que la mía, el triple o más, pese a lo cual nunca era suficiente y parecía siempre a punto de reventar por sobrepeso, hinchada de tejidos, de tarros de aloe vera, de diccionarios de sinónimos, de botines, de desayunos, un rizador de pestañas, una plancha por si acaso, y su peso monstruoso –aún lo recuerdan mis magullados dedos– hacía gemir los somieres de las camas de los hoteles donde nos hospedábamos, al apoyarla, con su contundencia de armario horizontal. Daba miedo mirarla, y no parecía imposible que una noche estallara, anegándonos en una explosión de barras de labios, jarabes para la tos y gorras de visera.

Se diría que aquella maleta tan grande tenía vida propia. Se expandía y metamorfoseaba, tosía y se adormecía, cambiaba de postura y se alegraba o se deprimía siguiendo el ritmo de las mañanas. Era tremenda, un universo en sí misma, con sus crisis, su microclima y sus accidentes orográficos. Podríamos trazar el gráfico de una relación de pareja siguiendo la historia de sus maletas, la evolución de sus bultos, unir la línea de puntos que arranca de un presupuesto de mochileros y desemboca en un conjunto de marca, o viceversa, hasta completar el organigrama completo de la economía y la geopolítica sentimental de esa pareja.

II. Condiciones de uso

Arrastré aquella maleta infernal que no era mía por vestíbulos y pasillos, la encaramé a lo alto de escaleras de aeropuertos, me debatí cómicamente en ascensores y trenes, luché para empotrarla entre otras dos maletas y luego arrancarla de allí a tirones con un silbido de fuelles aliviados, la rescaté de portaequipajes de taxis, frente a la cara de granito de conductores y conserjes que de repente exclamaban: «¡Oh!» y retrocedían al vernos, recordando alguna tarea urgente que requería su presencia inmediata en otra parte, allá lejos, y me abandonaban a mi suerte en la acera con aquel trasto imposible del tamaño de un ataúd que parecía contener biblias o yunques o los miembros despedazados de algún cuerpo humano. Más de una vez tuve que librarme de los mordiscos de la maleta de turno. De modo que facturé, consigné, recogí, pesé, entregué, devolví, blasfemé, firmé, tropecé, extravié, restauré, bauticé, ordeñé y demás verbos relacionados que en definitiva me educaron para convivir en una pareja de tres miembros: ella, yo y su maleta.

Tricia tenía, claro está, sus días raros, sus rachas, igual que todos, sus «franjas horarias», como ella las llamaba, y eran días difíciles en que no estaba para nadie, no contestaba el teléfono, se negaba a hablar, pasaba horas metida en la bañera peinándose las pestañas o hacía ejercicios de estiramiento tumbada en el suelo o se ponía unas gafas temperamentales y cocinaba un pastel de castañas despampanante o, si estaba muy nerviosa, pero mucho, se dedicaba a cambiar muebles de sitio para desahogarse: era su forma de manifestar de forma activa su descontento o su pena, como si en lugar de llorar con los ojos llorase con las manos.

A fuerza de observarla día tras día a lo largo de los años, yo iba aprendiendo a descifrar sus estados de ánimo, sus códigos, su simbolismo, su fobia a los insectos con alas o su costumbre de dormir hecha un ovillo al borde de la cama y sin almohada. El sueño la alcanzaba de repente, durante una conversación, cerraba los ojos y se quedaba fulminada a media frase, en mitad de una palabra.

Yo sabía, por ejemplo, que cuando una emoción estaba a punto de desbordarla, ella se mordía siempre las puntas del pelo. Era un hábito suyo. Las grandes confesiones, las preguntas difíciles, los llantos, los comentarios hirientes que anunciaban trifulcas y portazos tras los cuales uno de los dos terminaba durmiendo en el sofá del salón (pero también las películas verdaderamente hermosas, la música secreta en el piano o en un cuarteto de cuerda, el mar en invierno, el temblor de una góndola veneciana, ese pañuelo de luz que a veces se desprende y aletea suspendido en lo alto de las catedrales góticas durante una fracción de segundo, antes de transformarse en otra cosa: en un bracito de niño), venían precedidos por aquel pequeño gesto suyo apenas perceptible. Era como el presagio de un relámpago en la piel. Una mínima vibración de electricidad estática que encendía –clic– un piloto de luz blanca. Tricia se mordía las puntas del pelo y yo sabía que a continuación, bueno o malo, nos sucedería algo a los dos.

III. Lenguaje de signos

Y a todo esto, en medio de las discusiones, las dudas y los portazos, había que: bajar la basura, acudir al dentista, pagar las multas, hacer la compra, pasar la aspiradora, descargar las fotos (¿te has acordado?), comer con nuestros padres y hermanos de vez en cuando, felicitar a los amigos por su cumpleaños, ir al cine, llevar el coche al taller de chapa y pintura, celebrar la Navidad, visitar museos y librerías, depilarse y afeitarse, reservar entradas para el teatro porque si no luego, cortarse el pelo, reiniciar el ordenador, arreglarse las uñas, sentarse a desayunar, renovar el pasaporte, cepillarse los dientes después de cada comida, leer el editorial del periódico, mirar por la ventana, sonreír, volver a sonreír, mirar de reojo a dos perros de la calle mientras se apareaban, ducharse, programar el despertador para que sonase a las siete o quedarse inmóviles un momento, en medio de la nada, a las cuatro de la tarde, contemplando una mota que palpitaba en el aire o pensando con estupor en la vida.

IV. Ese rumor de pasos en la escalera

Un verano Tricia y yo viajamos a Norteamérica. En Nueva York había poco que ver; solo quedaba un cráter gigantesco en el centro financiero. Recorrimos en Chevrolet los caminos de Nueva Inglaterra. Cenamos langosta en Newport, muy barata, servida en un cubo de plástico con unas grandes letras impresas en tinta roja que gritaban: *Lobster.* Paseamos descalzos por las desoladas playas de Cape Cod, con los zapatos en una mano y los calcetines enrollados dentro, cegados por la arena en suspensión, escoltados por familias de gaviotas despeluchadas por el viento, parecidas a plumeros, más grandes que flamencos. Allí todo era mastodóntico: las distancias, los bosques, las limusinas, las camas faraónicas, las alitas de pollo en los restaurantes, los periódicos, las campañas electorales, las aves marinas. Todo era superlativo como el tamaño del cielo.

En dos o tres ocasiones, mientras viajamos, Tricia se apartó discretamente para telefonear sin testigos a esa otra persona que no nos interesa. Eran conversaciones breves, quizá banales, de las cuales ella regresaba con una expresión trastornada.

Boston era una bofetada de calor húmedo al salir del aeropuerto Logan: la sensación asmática de respirar a través de una toalla recién hervida. Barras y estrellas por todas partes, hasta tapar el campo visual. Un cielo de aluminio un poco rosa, un poco gris perla hacia oriente, y un niño con síndrome de Down que se pasaba soñadoramente un cochecito de juguete por las mejillas, igual que si se afeitase. Las calles de Boston eran ordenadas y sensatas, reticuladas sin dramatismo para ir del punto A al punto B de la manera más eficiente, y solo se permitían de vez en cuando la sorpresa manejable de un carrito de kebab aparcado en la acera o un pequeño cementerio de veteranos de guerra, con las cruces blancas alineadas en posición de firmes, que irrumpía de repente en medio de un plaza, en un remanso del tráfico, en cualquier parte.

Los muertos caminaban por el cielo.

Al atardecer, nos sentábamos a beber vino en el tranquilo barrio residencial de Somerville, en las afueras de Boston, rodeados de casitas de madera con jardín, envueltos en los efluvios viriles y un poco sucios procedentes del fertilizante químico de las plantas trepadoras y las cocinas de nuestros vecinos portugueses. De lejos llegaban los gritos casuales de los niños en sus penúltimos juegos antes de ponerse el pijama y meterse en sus camas gigantescas de menores norteamericanos, la amonestación líquida del riego por aspersión encharcando el césped (el sonido de alguien que chasquease la lengua, una y otra vez, en señal de desaprobación), a lo mejor un timbre de bicicleta. Tricia y yo permanecíamos en la galería una hora o dos disfrutando de aquella felicidad suburbana de finales del verano, una felicidad anabaptista y sin palabras de la que solo éramos convidados, con nubes aplastadas y mariposas sonámbulas, de aterciopeladas alas sombrías, hasta que entraba la noche, la temperatura descendía varios grados y había que ir pensando en ponerse un jersey.

Nosotros bebíamos vino. Degustábamos los zumos de la tierra. Paladeábamos el rastro a nogal de las lluvias, la lentitud de las vendimias, la carne roja del sol. Era un sabor caliente que te agrandaba la boca. Aquel vino tenía algo de beso, dejaba manchas de carmín en los labios. Prolongábamos el instante el máximo tiempo posible, no queríamos que concluyese aquella tregua, aquel beso del verano. Nos balanceábamos en las mecedoras de mimbre de nuestras anfitrionas, con un perro cada uno en las rodillas, mientras ella sacaba fotos de sombras y yo pasaba a limpio las experiencias del día en mi cuaderno de viaje o añadía algo –un párrafo descriptivo o una línea de diálogo– a la novela corta que por aquel entonces estaba empeñado en escribir. Tenía prisa por terminar aquel libro cuanto antes, necesitaba terminarlo, me quemaba –casi literalmente– en las manos. Parte de esa novela la escribí así: en Somerville, Massachusetts, con un perro ajeno en las rodillas, sintiendo en todo momento que escribir es imposible y que también es imposible dejar de escribir.

En el centro de la mesa sudaba una jarra de agua.

Porque escribir, pensaba yo, es estar más despierto de lo normal. Un espasmo de lucidez recorre todo, nos sacude el sistema nervioso con una sobrecarga de vitalidad, de plenitud, de audacia, de algún modo hay que canalizar toda esa energía dispersa y un tanto alucinógena que desborda la conciencia. De la euforia molecular hasta el folio. Entran ganas de cantar, de bailar, de recibir una bofetada o un electroshock. En lugar de eso, volcamos toda esa actividad frenética hacia dentro y nos contentamos con enfilar, con gran aplomo, un signo negro tras otro.

De modo que yo escribía. Llevaba varios años buscando un lugar acogedor para escribir, sin encontrarlo, rastreando estudios y apartamentos, entrevistándome con porteras y encargados de inmobiliarias y otra vez porteras, regateando precios de alquileres, anotando números de teléfono en papelitos y transcribiendo los mensajes que voces misteriosas dejaban al anochecer en el contestador; hasta que un día terminé rindiéndome a la verdad: que no existe nada parecido a un lugar acogedor para escribir.

Que escribir es, en sí mismo (tiene que serlo), lo contrario del hogar: un lugar inhóspito, manicomial, un sótano con poca luz y humedad excesiva. Desde entonces dejé de buscar, me conformé con lo que tenía, me relajé. Asumí que escribir no es ese espacio apropiado para instalarse en él durante largas temporadas, sino solo para hacer visitas breves, entrar y salir, y el resto del tiempo pasarlo fuera y a ser posible lejos, cuanto más lejos mejor. Y en esto –pero solo en esto– se parece un poco a la felicidad.

La sombra norteamericana de la casa resbalaba por mis manos y el folio, mientras yo perdía el tiempo divagando sobre estos temas u otros semejantes; pronto no distinguiría mi propia caligrafía. Antes de que se marche la luz aprovecho para anotar que era una casa con techos altos, mucha madera, dolor de vigas, cocina grande y rota, notablemente sucia, con la tetera abollada silbando como un casco medieval. La nevera era enorme pero estaba casi vacía, a excepción de cuatro bolas de carne picada de aspecto granuloso y una lata de piña. La casa, nos explicaron, antes había sido un granero, el jardín, nos explicaron, antes había sido una ciénaga, la propietaria, nos explicaron, antes había sido hombre y ahora era mujer, después de someterse a una intervención quirúrgica de cambio de sexo en Jackson, Misisipi. Todo era vacilante, de alma reversible, y poseía el titubeo o el arrepentimiento de haber sido una cosa en el pasado y ser otra cosa distinta en el presente.

Al final, en un ataque de hambre, Tricia y yo terminamos zampándonos sin remilgos las cuatro bolas de carne granulosa y el contenido de la lata de piña. No estaba tan mal.

En el pasillo de aquella casa había, ignoro por qué motivo, un retrato al pastel de Dostoievski, novelista célebre, y yo a veces me quedaba observando aquella frente abombada, las sienes depresivas, las cejas ludópatas, toda esa cabeza herida de frenopático, nimbada de adversidad, deudas, fusilamientos, hasta que no soportaba seguir allí delante ni un minuto más, apartaba la vista y me marchaba.

La casa miraba al jardín por encima del hombro. Los perros –había dos– apretaban los dientes y arqueaban el lomo. De noche, nos desvelaban los ruidos. Cuchicheos, toses, pisadas, bostezos reprimidos, pasos en el dormitorio de los niños, arriba y abajo, arriba y abajo, murmullos en el tiro de la chimenea, zumbidos y golpes en la madera madre de la escalera, toda la noche, con arrastrar de zapatos, mover de sillas, ulular de almas en pena, clop clop clop, ¿qué era aquello?, así no había quién durmiese. Tricia o yo nos asomábamos al descansillo y no había nadie, calma total, no era más que un poco de viento que ensayaba graciosamente ante el espejo, haciendo remolino, y antes de retornar a la cama con sueño comprendíamos que no era nada, tan solo el secreto rumor de la vida que pasaba.

V. Duración estimada del vuelo

El avión tomó impulso y despegó y todo quedó atrás: la tierra verde y marrón y reseca con sus conglomerados de refinerías que parecían en llamas, horadada por el agujero azul turquesa de las piscinas, entre cultivos mal ensamblados, zurcidos a toda prisa, y trenes de juguete y parsimonia y añicos de loza esparcidos aquí y allá, disparando flashes cegadores, estallando en bolas de plomo, y extraños oasis de blancura abstracta, perfectos, y tribus de nubes llevadas a hombros por las montañas sedientas, además de la sombra del propio avión allá abajo, despedazada entre cráteres, persiguiéndose a sí misma a través de una red de circuitos capilares por donde latía un fluido luminoso.

Volar no tiene esquinas. El interior del aparato es un saloncito con pocos ángulos rectos. Nada de recovecos. Todo se curva, se dobla, se feminiza, porque los ingenieros aeronáuticos han decidido que en las alturas es preferible que el alma humana se abarquille y desenfoque. Las azafatas nos dan la razón en todo.

Huele a tostadas con bacon y a tinta de periódico; una fritura impresa. Hoy el cielo está representativo. Algo empieza y algo termina, un ojo se apaga y otro se enciende. ¿Por qué no nos movemos? ¿Falta mucho para llegar? Nuestro cuerpo va por delante. El centro de gravedad cambia y el eje del mundo se inclina como un enfermo con sed. Un infierno nos propulsa; tenemos fuego en la espalda. En la pantalla, un gráfico digital nos informa del avance a trompicones de un avioncito de juguete, de trazo tosco, sobre un océano de cómic: por allí vamos. El espacio se disgrega y los minutos tiritan. Caemos hacia lo alto. Todo es presente. No tenemos ningún futuro al que volver.

El regreso a casa. Los trenes medio vacíos. Soldados de permiso, con los hombros caídos. Asomarse al vagón-cafetería y no encontrar a nadie allí, tan solo ver al fondo, tras el mostrador, al camarero de brazos cruzados que me devuelve la mirada con cara de aburrimiento, y esa imagen de la soledad en medio del crepúsculo de los campos errantes transmite mejor que ninguna otra cosa el sabor final del verano, el último día de vacaciones, la vuelta a las obligaciones.

Cuando nuestro veraneo tocó a su fin y regresamos a casa, con exceso de equipaje, al deshacer mi maleta me sorprendió desagradablemente descubrir que Tricia había introducido en ella, a hurtadillas, regalos que yo no recordaba haber comprado, objetos que no eran míos y ropa de mujer, rompiendo nuestro acuerdo de no inmiscuirnos en el equipaje del otro. Y lo más asombroso de todo: envuelto en un albornoz, apareció –juro que es cierto– un paquete con un kilo de sal.

–¿Y esto? –le pregunté.

–Es por la etiqueta –me dijo.

Atravesar el océano con un kilo de sal estadounidense de contrabando en la maleta puede ser –o tal vez no– una metáfora visual apropiada de lo que significa vivir en pareja y cruzar sus «franjas horarias».

Era verdad que en esa época a los dos nos fascinaban los envoltorios y que en Norteamérica habíamos recopilado tesoros, gracias a sus inmensos supermercados. Con todo, quizá hubiese sido más sensato haber despegado la etiqueta (la ilustración de una niña que se protegía de la lluvia con un paraguas, sobre un fondo azul oscuro), en lugar de transportar un kilo de Morton Salt por los caminos del aire.

Entonces, pretendiendo ayudarla, cometí el error, tonto de mí, de querer averiguar las razones de su obsesión. Le pregunté a Tricia por qué le hacían sufrir tanto las maletas.

Se quedó un rato callada, pensativa. Luego se mordió las puntas del pelo. Hubo una pequeña descarga eléctrica. La sangre subió a sus mejillas. Al fin se justificó:

–Yo hago las maletas igual que tú escribes tus libros.

Me dejó mudo. Nunca antes lo había enfocado de ese modo. Era la primera vez que lo oía. Desperté de la anestesia. Pero reconozco que Tricia tenía razón. Yo escribía igual que ella hacía las maletas; exactamente igual. Con los mismos nervios, la misma pasión y el mismo estremecimiento íntimo. En ese instante caí en la cuenta de que yo también, como ella, pasaba días en vilo por culpa de un adjetivo. Anotaba listas de cosas en servilletas de papel que luego arrugaba y desmenuzaba en trozos diminutos. Dudaba. Rectificaba. No me quedaba tranquilo. Perdía el apetito. Enfermaba. Saltaba de la cama en plena noche y corregía algo.

Quizá por casualidad, Tricia había acertado. Preparar una maleta era igual de comprometido que urdir una ficción, soñar un libro o construir un universo poético. Uno solo puede hacer algo bien obsesionándose con ello. Si no, resulta imposible. Cacería encarnizada de la página y la maleta, si no perfectas –eso es mucho decir–, sí al menos de una imperfección impecable; en ambos casos se trata de sentenciar –nada menos– qué salvas y qué condenas. Ante esto, cualquier elección conlleva una responsabilidad y un peligro. El problema con las maletas no es un problema de espacio, sino de tiempo. Su dificultad técnica no es tanto física como filosófica. De repente nada cabe, o todo se retuerce, se engancha o crece, la ropa adquiere alma y se niega a colaborar, cuánto se sufre, lo que ayer entraba con holgura hoy no hay forma de acoplarlo, ¿alguien lo entiende?, es el enigma metafísico de las dimensiones o de los nervios, date prisa, me sobra una camisa, qué hago con esto, llegamos tarde, los libros, dónde metemos los libros, ¿esto qué es?, el gemido de un jersey pillado a traición por la cremallera, el esguince de un zapato doblado con violencia asesina, en una posición viciada que luego nunca más se recupera, la manía de las correas de entrometerse todo el rato, haciéndose las importantes, enredándose en los dedos, qué engorro, el tubo de pasta dentífrica espachurrado, nada, no hay forma, mejor sacarlo todo e intentar recomponerlo. Y vuelta a empezar de cero el rompecabezas.

Fabricar la maleta o la página tolerables se convierte en una búsqueda casi mística, un poco como la del santo Grial. Acertar o no acertar pasa a ser una tarea trascendente, casi inalcanzable. Uno inventa pasiones en una página porque las ha vivido antes o porque quiere vivirlas o para no tener que vivirlas.

VI. Cierre automático

Ya no recuerdo qué hicimos Tricia y yo con aquel kilo de sal norteamericana. Imagino que la utilizamos para sazonar las comidas, pero no me acuerdo y no quiero inventar nada, sino atenerme a los hechos y a su interpretación más palpable, porque es importante que la verdad sea dicha y quede escrita, al menos una vez en la vida. Creo recordar, eso sí, que cierta noche llegué incluso a soñar con aquel montón de sodio, que crecía y crecía sin parar hasta convertirse en una montaña de pesadilla, un verdadero Himalaya que yo intentaba escalar en trineo, arrastrado por una manada de perros, sin llegar nunca a la cima.

–Has roto nuestro pacto, Tricia –la acusé con tristeza.

–¿Y qué? Tampoco hay que ser tan estricto. Qué melodramático eres.

Antes de darme tiempo a responder, Tricia añadió:

–Tú no puedes entenderlo porque eres escritor.

–Porque soy escritor puedo entenderlo.

–Lo sabía. Sabía que dirías exactamente eso.

–Y yo sabía que lo sabrías.

Aquello no quería decir nada. Eran palabras de mantequilla, que distraían el hambre pero alimentaban poco. Estuvimos intercambiando réplicas durante horas, hasta ese momento en que uno olvida cuál es el origen de la disputa porque ya no importa tener razón, sino tener el poder. Esta misma discusión la habíamos mantenido ya en anteriores ocasiones; los dos repetíamos los mismos argumentos, desgastados, con el agotamiento emocional de actores en su décima toma. Llega un momento en que parece que los golpes no duelen, pero esos son los peores.

Aquí me gustaría a mí estar viendo a Dostoievski, pero al de verdad, en persona, con sus chaquetas zurcidas y su pelo de cristiano, medio fusilado él, condenado por el zar, desgarrado por la nostalgia de Dios, teniendo que bregar con su pareja por un kilo de sal que le han colado en la maleta, después de atravesar por los aires alrededor de seis mil kilómetros de océano y aduanas. Las noches blancas, sí, me gustaría mucho verle la cara aquí, si pudiera, en mi comedor. Quisiera preguntarle al genio del alma eslava, al poeta romántico del mal y sus ramificaciones en la vida de los pueblos humillados y ofendidos, qué harías tú en mi lugar, eh, qué demonios harías, dime, vamos a ver, ciudadano Dostoievski, hermano Karamazov, como te llames, centrémonos, estoy esperando tu respuesta, me interesa mucho saberla, aquí me gustaría verte con tus grandes zapatones con clavos de pisotear siberias, sin un rublo en el bolsillo, con tu barba de fogueo y tu rúbrica epiléptica, qué. ¿No dices nada?

Nada. Silencio. Una sombra pasa de largo. Una gota de agua tiembla en el grifo y no cae. Y para colmo, dentro de poco se presentaría en casa, para darnos la bienvenida, esa otra persona que no nos interesa, el que faltaba, ya lo estaba viendo, radiante de felicidad, con los dedos entumecidos por el peso de macetas o bebidas. Me tendería su mano fofa, un pedazo crudo de bistec, y a mí no me quedaría más remedio que manosear con aprensión y asco esa cosa muerta, esa aleta, con las palmas siempre húmedas, mientras se ruborizaba, pues era de esas personas a las que vivir produce dolor espiritual.

–¿Qué tiene de malo saltarse una norma de vez en cuando? –dijo Tricia.

–¿Y qué tiene de bueno? –dije yo.

No tenía remedio. De haber podido, me habría gustado morderme las puntas del pelo yo también, igual que hacía ella. Con las primeras luces del día nos miramos de frente en la tranquilidad del comedor, con todo aquel viaje en el cuerpo. Estábamos casados. Habíamos invertido una cantidad formidable de tiempo, dinero y fortaleza física y moral en aquel invento del matrimonio. Llevábamos juntos seis años y varios kilómetros de cinta transportadora. Lo suficiente para saberlo todo uno del otro, todos los trucos del ilusionista, tanto lo bueno como lo malo, incluso aquellos defectos e intimidades que por pudor habríamos preferido no conocer: la pared descascarillada, allí donde se deposita el óxido, la fosa séptica de los sentimientos, la orfandad emocional, la energía cruda del amor. Allí estábamos, la sangre mentirosa y la sangre melodramática. Éramos transparentes el uno para el otro, como maletas volcadas. En cualquier momento sonaría el timbre de la puerta: y entonces qué.

Qué raro, yo siempre me había imaginado la verdad en forma de gorda disparatada, riéndose escandalosamente de algún chiste obsceno, volcándose encima la ceniza del cigarrillo, sacudiéndose las carnes debajo de un vestido estampado de flores chillonas, con la peluca torcida y exceso de colorete, la boca pegoteada de carmín, palmeándose los muslos, espatarrada y grotesca. Ahora que la tenía delante, resultaba que la verdad se parecía más bien a un pequeño animal huidizo y sigiloso, de retraída presencia e inquisitivos ojos de aceite. Y tampoco sabía qué hacer con él, con ella. Con él.

–¿Qué hacemos?

Aunque nos queríamos, entre Tricia y yo se abría un espacio en blanco, un fulgor frío, escaso de deseo. En medio de la claridad salina de aquel témpano no había nada. Era el desierto desnudo. Solo había una maleta.

Una maleta vacía.

Y nos quedamos muy quietos.

VOLVER A OZ

SE LLAMABA DOROTHY. Tenía zapatos rojos de lamé y un gran lazo en el pelo, que no se quitaba ni para ir al dentista. Le atraían los hombres mayores, de orografía complicada: forasteros con serrín en la cabeza, leñadores oxidados, felinos de aspecto aterrador que después rompían a llorar histéricamente y juraban por lo más sagrado que nunca, nunca, nunca volverían a ponerle la zarpa encima a una niña, que aquella había sido la excepción. Había crecido en K. y K. no existía; era el horizonte calcinado entre la nada y la nada, una cicatriz en los ojos. Imágenes sucias de pozos petrolíferos y siluetas cabizbajas. La casa flotaba en el limbo, abierta a los tornados; una trampilla en el suelo de corcho conducía a la madriguera de los conejos: un foso de vida palpitante.

Uncle Henry devoraba tabaco de mascar, mientras repasaba la Biblia, y lo escupía en el techo cada tres minutos con exacta puntería; tocaba el arpa de boca y domaba mecedoras. Destilaba aguardiente casero en la palangana de bañarse y, si estaba muy bebido, las zurraba sin ganas con su guante de béisbol hasta que se le entumecía el brazo. A veces subía al tejado y disparaba con su rifle a los aviones. Se quedaba dormido en cualquier sitio, ahí tirado, las gafas se le escapaban de la nariz y le reptaban por la cintura, impulsándose con sus patas de saltamontes metálico.

Aunt Em pasaba sus días en silencio y sin quejarse; parecía una mancha de humedad en la pared. Barría con su escoba el porche, barría las camas, barría el viento, barría hasta sus tres lápidas, ya preparadas, colocadas en fila, muy juntas, con sus orlas y epitafios, de un gris soso, en las que solo faltaba, para que todo cuadrase por fin en orden, una fecha tras el guion. Ese pequeño detalle. Una túnica de polvo la enharinaba; toda su vida desde el día de su boda con Uncle Henry había sido un baile a solas con el desierto, un vals de escobas y arañas. Ah la vida, la vida sin adjetivos, introduciéndose por todos los orificios del cuerpo, tanto si te gusta como si no, se llamaba Dorothy, zapatos rojos, pelo rojo, te habrán costado una fortuna, ¿me prestas tu pintalabios? Hay hombres, la mayoría, que tienen la sangre más espesa que la miel. Una mancha de humedad en la pared, no hay nada como el hogar, de un gris soso, solo faltaba una fecha.

En un rincón del patio trasero resistía a duras penas un arbolito raquítico, encarcelado en la malla de una cerca metálica que le impedía estirarse. Crecía allí, deformado, contra las tapias sucias de los talleres mecánicos, contra el ruido cacofónico de las sierras radiales. Nadie lo regaba ni se ocupaba de él; ningún pájaro le hizo el favor de posarse en su copa. Alguien, al pasar, había apagado un cigarrillo en su corteza y todavía era visible la quemadura.

Era poco más que un palitroque olvidado en un cuadrado de fango. Algunas primaveras, de sus ramas estallaban inopinadamente dos o tres pequeñas flores liláceas, casi mustias, una muda plegaria, su grito afónico, y eso era todo. Florecía para nadie. Pero eso quería decir que el arbolucho, pese a todo, no se resignaba ni se daba por vencido, no se rendía, aún reclamaba su porción de belleza, su lugar bajo el sol, su derecho a la luz y al agua, la dignidad de estirarse por un instante y pronunciar su nombre verde, allí tan solo, antes de morir del todo y desvanecerse de la memoria de las generaciones de este mundo y de los siguientes. Él también quería disfrutar de su minuto de éxtasis.

Se llamaba Dorothy. Cuando se quedaba a solas recortaba revistas de Hollywood o fantaseaba con batidos de frambuesa en estaciones de servicio donde todo era cromado y reciente y aerodinámico y Teddy Rocamora con su chaqueta de lentejuelas. ¿Me dejas una moneda para el juke-box? Casarse y tener hijos. No casarse y no tener hijos. Calzarse los zapatos de baile. Volver alguna vez, de tarde en tarde, a Oz. Viajar con el pensamiento, *over the rainbow*. Volar en globo, surcar los mares, hacer autoestop y fugarse en un autocar Greyhound hasta Pasadena, en el estado de California, junto a los beatniks, por fantasear que no quede. Abandonar por una vez el camino de baldosas amarillas, los simios con alas, la rebeldía de Toto y sus ladridos de desesperación cuando vio acercarse la jeringuilla llena de aire del veterinario, no es nada, tan solo un poco de aire, el aire no da miedo, te habrán costado una fortuna, y después nada, la pantalla vacía, los títulos de crédito, la gente revolviéndose en sus butacas con ojos secos buscando su paraguas o cualquier pretexto para seguir viviendo. Entrar en la fantasía para salir de la familia. Escalar un muro de piedra y descubrir al otro lado el delicado País de la Porcelana, donde todo era de porcelana: las casas de porcelana con visillos de porcelana, los rosales de porcelana, los trenes de porcelana, las vacas de porcelana brillando a lo lejos, los niños de porcelana camino del colegio que se apartan con aprensión de los extraños por el pánico a romperse. Porcelana rota: de eso sabe mucho Dorothy. Algo no encaja, las piezas no coinciden, el orden se ha quebrado, se ha equivocado de cuento. A Dorothy le cuesta distinguir entre realidad y ficción. Sospecha que le ha sentado mal algo que soñó anoche.

Alrededor de la boda

a Isa y Germán

Que iba a casarse, nos dijo.

Y luego se echó a reír.

Que ella había decidido dejar la universidad y abandonar los estudios en mitad de la carrera para casarse, menuda sorpresa, eh, nos dijo Sofía sin tomar aliento para respirar, no nos lo preguntó, y que estaba enamorada de un vecino con gafas de ajedrecista a quien enviaban a trabajar fuera, con una beca extranjera de investigación, y que antes de separarse ella prefería casarse con él, con el vecino, marcharse a vivir juntos, lejos, a Melbourne o por ahí, y dejar plantados los libros y mandarlo todo al cuerno, a paseo.

Eso dijo Sofía. Y a nosotros tres nos extrañó que nos contase aquello por las buenas, Sofía, si apenas la conocíamos de vista ni teníamos confianza, nos cruzábamos con ella de vez en cuando en el ascensor o por los pasillos de la facultad de Pedagogía, hola y adiós, siempre nerviosa, agitada, cargada de apuntes, soplándose el flequillo de la frente, que volvía a caer de nuevo vencido por su propio peso, tapándole los ojos. Ay, aquel flequillo rebelde. Habíamos desarrollado la capacidad intuitiva de casi no verla cuando el azar nos deparaba la coincidencia de un encuentro social en una mesa compartida del comedor estudiantil o un rato de lectura en el laboratorio de idiomas.

Un día llegó a clase con una cesta llena de tortugas.

No nos caía ni bien ni mal, era ella, Sofía Ardiles, con su expediente académico, sus apuntes, sus nervios a flor de piel, sus uñas pintadas de verde, su flequillo indomable cayéndole sobre los ojos, mientras que nosotros tres éramos amigos desde la infancia, inseparables los tres, desde la guardería hasta ser compañeros de piso en un apartamento alquilado de estudiantes universitarios, siempre juntos, clonados y opuestos, los tres, igual que islas unidas por aquello mismo que las separa. Una sola historia, Rodrigo, Mario y Samuel, y los tres nos miramos unos a otros con una larga mirada cómplice, somos amigos íntimos, no necesitamos palabras para entendernos.

Pero allí estaba ella, Sofía, insistiendo con terquedad en invitarnos a su boda, para una vez que se casa una, nos dijo, casi sin respirar, soplándose el flequillo de la frente, que volvió a caer de inmediato, velándole la mirada, como si eso significase algo, y tal vez significase, quién sabe. Ella sacaba papeles del bolso con cierto aire abstemio de espía y desplegaba susurrantes mapas de carreteras para explicarnos ahí mismo rutas, teléfonos de albergues juveniles, cámpings, autopistas de peaje, puentes, desvíos, tarjetones impresos con fechas e itinerarios resaltados con rotulador fluorescente, todo con tal de convencernos y que aceptáramos su invitación, por favor por favor por favor, no podíamos faltar, cualquier cosa para facilitarnos el viaje hasta Mudela del Valle, el lugar elegido para el enlace, a unos seiscientos kilómetros al norte de la ciudad, un paisaje de montaña, rocas y vacas, el sitio no tiene pérdida.

¿Asistir a la boda de una desconocida?, pensó Rodrigo. ¿Y por qué no?, pensó Mario. Aquel fin de semana quedaba todavía lejos y no teníamos nada mejor que hacer, pensó Samuel. No necesitamos considerarlo mucho, en esa época aprovechábamos cualquier excusa para alejarnos y huir, una boda es una excusa, nos dijimos, no tiene mayor importancia.

Ningún plan especial, ni chicas ni exámenes a la vista, de modo que un viernes después de cenar pusimos un fondo común para comprarle un regalo a Sofía, echamos tres trajes oscuros en el maletero del coche, zapatos nuevos, camisas blancas, corbatas negras, llenamos un termo de café cargado, metimos unos cuantos cedés en la guantera, que no faltase la música, y emprendimos en silencio el largo viaje en dirección norte hacia aquella aventura irreflexiva de la boda de Sofía en Mudela del Valle, sin conocer muy bien las razones profundas que nos impulsaban a participar ni con qué íbamos a encontrarnos.

Viajábamos expectantes, turnándonos para conducir el descapotable color mostaza prestado por el padre de Mario, y que se lo cuidásemos bien, y que no hiciésemos gamberradas, sobre todo no quería saber nada de arañazos ni rozaduras, ¿eh?, aquí están las llaves, relampaguearon un instante entre sus dedos, Rodrigo, Mario y Samuel, y los tres éramos amigos inseparables desde el jardín de infancia.

Color mostaza.

Lo compartíamos todo, nosotros tres, de la mañana a la noche, secretos y deudas, alegrías y resacas, lecturas y altibajos, domingos ensuciados de tristeza, días de mirarse mucho las manos, alguna que otra novia ocasional, todo por triplicado, incluida aquella tarde inolvidable cuando descubrimos, poseídos por cierto entusiasmo anfetamínico, la Gran Vía de Madrid con todos sus letreros encendidos contra el cielo verde de gas y el desfiladero de casas llameando como cuarzo en medio de una luz de cromo y desierto; la luz enloqueció de golpe, se puso ronca e idiota, se convirtió en una luz bipolar; y en ese momento, justo en ese momento, comenzó a arderle el pelo a una mujer china.

Así que dejamos atrás los brillos de neón y los páramos, las cementeras vacías salpicadas de grafitis y las radiales bordeadas de pinos, huertos inverosímiles empotrados entre dos moles de hormigón, campos de girasoles peinados con raya en medio, el fuego rubio de los cultivos de maíz, avanzando en la oscuridad de la noche siempre hacia el norte, sin más remedio, hacia Sofía y su boda en las montañas que por algún motivo misterioso parecía atraernos hipnóticamente, tirar de nosotros tres a la vez con hilos invisibles, guiarnos en la tiniebla.

La carretera era una cinta transportadora que desplazaba hogueras. Alguien lio un cigarrillo de hierba y lo encendió y empezamos a pasárnoslo, a dar caladas por turnos, a cantar canciones a coro, uno entonaba las primeras notas y los demás le seguían, el humo se retorcía en espirales lentas y se abrían flores de anís en los pulmones y de repente empezó a hacer mucho calor, ¿no os parece que hace mucho calor? Y por eso nos reímos sin motivo los tres a la vez, en el coche, la víspera de la boda, la brasa ardía contra la oscuridad del vidrio en una pequeña antorcha motorizada mientras la noche cepillaba el techo del vehículo. Comenzaron a crecer champiñones en la guantera. La autopista iba desenrollándose a medida que avanzábamos, adoptaba la forma cilíndrica de un tubo que nos succionaba y sorbía, y el aire olía a enjuague bucal mentolado.

El último tramo del viaje resultó bastante más lento y agotador de lo previsto, algunas carreteras comarcales estaban mal señalizadas o en obras y nos perdimos un par de veces, dimos vueltas sin sentido, retrocedimos, creímos orientarnos. Mareados y exhaustos de tanto deambular, aparcamos al final de la noche, para dar al menos una cabezada en los asientos del descapotable, junto a la gasolinera de una aldea poco alumbrada consistente en un pequeño caserío de cubos blancos apretados sin gracia en el arranque de un barranco ceniciento y ladridos dispersos, la aguja de un campanario románico, el cansancio muscular, las revoluciones del cuentakilómetros girando cada vez más despacio, la cinta de carretera interminable que seguía rebobinándose en sueños, una y otra vez, con su línea discontinua de color saurio.

Por pura casualidad, despertamos en Mudela. Habíamos alcanzado nuestro punto de destino cuando ya lo dábamos por perdido. Tuvimos el tiempo justo para asearnos un poco en la gasolinera, mover el vientre, cambiarnos de ropa, afeitarnos a toda prisa y correr por calles de piedra hasta el ayuntamiento, en el centro de la plaza, vigilados por vecinos de mirada agropecuaria y pelo rústico, y unirnos a quienes festejaban a los recién casados con vivas y silbidos y confeti gritado.

Era una hermosa mañana de mayo, sin demasiadas nubes, parecía el día apropiado para reponerse de un viaje fatigoso o, tal vez, contraer matrimonio civil. Quizá, después de todo, el fin de semana no resultase tan desaprovechado. Estábamos en la boda y seguíamos viajando, devorando kilómetros, consultando mapas de carreteras, viendo deslizarse hacia atrás señales de tráfico y caras de invitados, luces intermitentes y galletitas saladas, arcenes y escotes, en una simultaneidad intrigante.

Mesas. Sillas. Árboles con cuello de jirafa. Un dedo con un esparadrapo, señalando algo a lo lejos: allí. El parche azul de un lago entre montañas. Un cielo alto y dormido, conquistado por una gran nube operística. A su lado, más tímida, otra nube desenfocada, con colores desplazados, como cuando se mira una foto en 3D sin las gafas.

Somos muchos, cerca de doscientos. Cuatro grandes parrillas asan sin interrupción carne y pescado. Como no conocemos a nadie y nadie nos conoce a nosotros, nos colocan en la mesa de los solteros, rodeados de solteros y solteras, ni muy lejos ni muy cerca de la tarta nupcial de cuatro pisos.

Así pasaron las horas, y el cielo fue cargándose de más nubes y cambiando de color gradualmente, las aguas del lago temblaron y se arrugaron y volvieron a alisarse, infinitas veces, a lo largo de todo el día y de toda la noche, y todos nosotros fuimos un poco listos y un poco tontos, un poco guapos y un poco feos, un poco rápidos y un poco lentos. Bajo la carpa iluminada con farolillos de papel se sucedieron las bromas y los juegos, los taponazos del descorche de botellas y el bullicio y los berrinches procedentes de la mesa de los niños.

Y las mariposas entraban y salían de la jaima, revoloteando entre los comensales, batiendo sus alas por un instante en el reflejo irisado de una copa de vino o hipnotizadas por el centelleo fulgurante de un tenedor.

Un hermano del novio con un brazo en cabestrillo se acercó al micro y recitó con buena voz un poema compuesto por él mismo para la circunstancia. Obtuvo aplausos.

Un señor grueso vestido con uniforme militar, de nariz colorada, cantó una canción, coreada por todos los asistentes con más entusiasmo que provecho. Obtuvo aplausos. Con la caída de la tarde y los postres llegó la hora de los brindis, de vaciar nuestras copas, el champán chorreaba por todas partes, comenzó a tocar la orquesta y las parejas a bailar, nosotros también bailamos por turnos con unas chicas muy altas que acabábamos de conocer en nuestra mesa de solteros, y que venían de parte del novio, no eran muy guapas pero sí agradables, y bebimos con ellas más martinis de la cuenta y varias veces tuvimos que escapar corriendo a la cabina de aseo portátil esquivando niños que salían de todos lados, de todas las edades, corriendo, jugando, saltando, riendo: un arco iris de niños.

La luna asciende entre los árboles. Se encienden bengalas que chisporrotean. Un reguero de luces y sombras lame las caras y las manos de los presentes. Un fotógrafo profesional va y viene captando instantáneas al vuelo, y multitud de cámaras, manejadas por aficionados, zumban y almacenan, para el futuro, sus propias memorias digitales.

Ya era pasada la medianoche cuando las chicas tan altas que venían de parte del novio se sentaron en nuestras rodillas, sin pedir permiso para ello, y luego fuimos nosotros quienes nos sentamos en las rodillas de las chicas solteras, por seguir la broma o porque a esas alturas del banquete nos faltaba el dominio suficiente para distinguir qué estábamos haciendo allí ni con qué propósito, y no llegamos a entender por qué motivo una de ellas gritó:

–¡No vale! ¡Eso es jugar con ventaja!

Al final, poco antes de que acabase la fiesta, alguien se acercó a nosotros por la espalda, nos tapó los ojos con las manos al tiempo que preguntaba: «¿Quién soy?». Y allí estaba ella con las pupilas brillantes, soplándose el flequillo, la notamos conmovida, nos tocaba, nos revolvía el pelo, nos acariciaba la barbilla, las manos, nosotros empezamos a elogiar su belleza y Sofía nos cortó diciendo que no, que de eso nada, y venga a repetir cuánto nos quería ella, que nos quería a todos muchísimo, en particular a nosotros tres, en serio. Y que no soportaba la idea de perdernos ni apartarse de nosotros ni un minuto nunca, nunca, nunca, antes de que tal cosa sucediese prefería quedarse tuerta.

Y luego rompió a llorar y a secarse las lágrimas con nerviosismo con el revés de la manga de su vestido. Nos abrazaba a todos llorando mientras aseguraba cómicamente seria:

–No estoy llorando, no, no estoy llorando aunque lo parezca.

Y nos estrechaba tan fuerte entre sus brazos que podíamos sentir las palpitaciones de su pulso y la taquicardia de su corazón, y ella nos aprisionaba la cabeza entre sus manos y se nos quedaba mirando fijamente, como embobada, a través de la humedad de las lágrimas, nos besaba con avidez en la frente, en la boca, en los dientes, en el pelo, tres, cuatro veces, y nos juraba por lo más sagrado que nosotros tres éramos sus mejores amigos, sus hermanos del alma, que nos quería más que a nada en el mundo, nos adoraba a los tres, y nos lo decía llorando, tosiendo, con hipo, y luego repetía riéndose ay, qué feliz soy, qué feliz soy, ¿no me estaré volviendo loca?

Y hacía intención de irse, daba unos pocos pasos para alejarse pero volvía en seguida describiendo una pirueta, era incapaz de marcharse de nuestro lado, de desligarse de nosotros, nos preguntaba si no queríamos más tarta, insistía en que comiéramos y bebiéramos un poco más, que estábamos demasiado flacos y llevábamos el pelo demasiado largo, y además éramos sus invitados favoritos, que no fuésemos pelmazos y no nos hiciésemos de rogar, anda, ¿es que no estaba buena la tarta?, que lo hiciéramos por ella, Sofía, que nos amaba tanto desde la primera vez que nos vio en los pasillos de la facultad de Pedagogía, fue un verdadero flechazo.

–¿Es que acaso queréis que me enfade?

Y haciéndose la ofendida nos metía un trozo tan grande de tarta que casi ni nos cabía en la boca, por poco nos ahogaba Sofía, nos quejábamos con la boca llena de tarta, nos costaba trabajo tragar toda esa cantidad de nata montada, teníamos que empujarla garganta abajo con ayuda del cava, masticarla con esfuerzo, en efecto estaba buena, eso había que reconocerlo, no se podía negar.

Dio unos pasos para irse, pero al momento cambió de idea y volvió porque casarse era, podía ser, un lugar oscuro e intimidante, sin traducción simultánea, un vértigo o una caída, algo incomprensible como esa silla de allí, no, mejor como aquella otra, nosotros no podíamos entenderlo, con nuestros pelos revueltos, qué sed, qué hambre, qué todo, y la pena y el coraje de estar casada con otro apellido y tener que vivir demasiado lejos de casa y el miedo de olvidarse de todo, de nuestras caras, algún día, y morir sola, y por eso nos pidió permiso para ponerle nuestro nombre a sus hijos, cuando llegasen, como homenaje a este momento, Rodrigo, Mario y Samuel, que ella pronunció sin pausas: rodrigomarioysamuel.

Y emocionada por su propia ternura y la imagen de esos tres niños desamparados (como si un peligro mortal los amenazase), Sofía volvió a abrazarnos y a besarnos en los labios, en el mentón, en las cejas, a respirar nuestro cuello y a repetirnos cuánto nos quería ella, nos adoraba, nos amaba de verdad, a los tres, no estaba exagerando, que sí, que no, y al decirlo derramaba lágrimas de risa, de pena, de risa.

Y entonces apareció por detrás su marido con gafas de ajedrecista. Y nos guiñó un ojo. Y abrazó a Sofía por la cintura y se puso a mordisquearle las orejas y a besarle en el cuello aspirando su perfume de esposa reciente mezclado con un poco de sudor y empezó a bailar con ella en plan cómico, dando saltitos, pero luego se fue metiendo en el baile de verdad y bailando la fue arrastrando poco a poco hacia el exterior de la carpa, era el vals de la despedida, apartándola de nosotros, sin que ella fuese consciente del todo, ya tenían que irse, amor mío, vida mía, les esperaba un taxi en la entrada de la finca con los faros encendidos y todas sus maletas dentro, adiós, Sofía, adiós, y ella iba haciendo pucheros, soplándose el flequillo de los ojos, diciendo adiós con la mano y tirando besos al aire, no se cansaba de ser feliz y estar triste, Sofía.

Y los dos estaban enamorados y se alejaban flotando hacia el futuro y la vida en común envueltos en el aroma desfalleciente de las flores, los centros de mesa, las botellas de champán, el humo de las velas y la marihuana fumada y toda la música tristísima de los altavoces, esa música de boda, ni buena ni mala, pero con algo hueco y horrible, capaz de arañarte el corazón y hacerte sangrar al menor descuido.

Un niño en forma de pera, muerto de sueño, se quedó dormido en su silla, desmadejado contra el respaldo, y una anciana leñosa, como hecha toda ella de arpillera y varillas de paraguas, lo señaló con el índice y exclamó:

–Inocente.

Y algunos grupos se iban retirando ya, se separaban riéndose entre abrazos y palmadas en la espalda, a lo largo de despedidas interminables que duraban horas, los corros se disgregaban, iba haciéndose tarde y los niños tenían que irse a la cama: ya pronto amanecería.

El militar de nariz colorada aplaude a la luna. Una invitada se marcha y al poco tiempo regresa en busca de su chal olvidado. Cruza toda la carpa despejada, lo recoge, apura el último sorbo de una copa elegida al azar y vuelve a salir por donde ha venido.

El champán seguía corriendo alegremente, los músicos continuaban tocando igual que si peleasen, pero algo se había roto. La fiesta llegaba a su fin, era evidente. La boda de Sofía terminaba dejando a su paso la foto de un seísmo de sillas volcadas y manteles manchados con círculos de vino, los restos del banquete humeaban entre ruinas. Y cuando los novios desaparecieron de nuestra vista nos quedamos un buen rato mudos en la mesa de los solteros, bebiendo sin saber qué decir, y luego alguien propuso salir a recibir el nuevo día juntos, por qué no.

Y juntos nos levantamos, por qué no, salimos de la jaima en compañía de esas tres muchachas tan altas que cada minuto que pasaba eran más altas y hermosas y reían a carcajadas sin motivo alguno y alborotaban sin parar sobre sus larguísimas piernas enfundadas en medias de seda moradas moviendo mucho las caderas.

Dando traspiés nos dirigimos del brazo de aquellas tres divinidades solteras a la orilla del lago cargados de copas y botellas de vodka y whisky y ginebra y toda la experiencia de la boda en los ojos y fuera empezaba a extenderse la veladura roja del amanecer como una especie de pulpa y un resplandor nos teñía los pómulos de un lila suave, casi alienígena. Parecía el crepúsculo. Daba gusto respirar y ventilarse, el aire fresco nos despejaba la mente. Nos dejamos caer en la hierba. Y las chicas protestaron y tenían tanto frío debajo de sus vestidos escasos sujetos con tirantes que sin ponernos de acuerdo los tres amigos nos quitamos las chaquetas al unísono y se las pusimos como galanes anticuados sobre los hombros desnudos, así las arropamos.

Y a ellas debió de gustarles mucho ese gesto caballeroso, porque nos lo agradecieron restregando sus cabezas aromáticas contra nuestros pechos y besándonos con ternura y furia en los labios. Nos dedicamos a eso, a besarnos, a explorarnos con las lenguas, no era más que un juego inocente y travieso, una chiquillada sin consecuencias, eso creímos nosotros entonces, demasiado ciegos para adivinar un futuro en que una silueta saldría desde detrás de los bastidores para arrastrarnos fuera del escenario.

Y nos miraron los troncos de los árboles y las nubes, los picos de los pájaros y las luciérnagas, el espejo del pequeño lago y las piedras grandes y pequeñas. También nosotros éramos –de repente nos dimos cuenta– los restos de una fiesta, ceniceros rebosantes de colillas apagadas, vasos a medio consumir, historias sin acabar, cojines aplastados, hielo derretido, los últimos fulgores de una aventura humana que había comenzado muy lejos de allí, mucho antes.

¿Y si nos vamos a Portugal?, sugirió una de las chicas, y la idea era tan loca y deliciosa que no había que desdeñarla, sí, era algo apetecible, de repente ante nosotros compareció un fragmento de pared con mosaicos de dibujos intrincados, un vaso de vinho verde, rumor de cascada en el claustro de un convento luminoso, un cielo atlántico, abierto al mar, gravemente herido de gaviotas y palmeras, garabateado a toda prisa por los trazos del cableado eléctrico de un tranvía que subía jadeando una rua tan angosta que era casi imposible, tantas cosas. En nuestras cabezas brincaban las sílabas de Portugal, Portugal doblado en tres pliegues igual que una carta que un transeúnte llevaba en la mano (¿el destino?), para depositar en el buzón más próximo, porque lo importante no era alojarse en, ni llegar a, ni estar en ningún lado, sino prolongar el viaje un poco más para mantenerse siempre en vilo, sin mirar atrás.

Clareaba un nuevo día, y antes de proseguir nuestro viaje a los mosaicos estuvimos un rato allí tumbados todos juntos en la hierba empapada de la pradera bajo el firmamento estrellado de mediados de mayo con las copas apoyadas sobre el vientre y las pinzas de un cangrejo invisible pellizcándonos por dentro, arriba y abajo, contemplando el espectáculo del tranquilo amanecer de la orilla del lago en calma, bastante ebrios, extenuados, con una especie de melancolía danzando en la boca del estómago, y también eufóricos por lo bien que había resultado todo, sin un solo fallo, perfecto, todos coincidimos en que ha merecido la pena. La luz es como muselina estrujada. Así termina la boda de nuestra amiga Sofía en Mudela, cuando los seis permanecemos un rato inmóviles saboreando el instante, la respiración del mundo, el silencio sin fisuras, tan solo un grillo a lo lejos.

Manchas solares

De modo que un día vuelves a casa, se supone que a tu hogar de casado (¡ja!), ¿y sabes qué te encuentras? Nada. Las habitaciones vacías. Los balcones abiertos. Al principio pensé que habían entrado ladrones. Todo patas arriba, los cajones cribados, habrá que llamar a la policía, cambiar el bombín de la cerradura, dar parte a la compañía aseguradora, menudo embrollo. La ese de una media transparente serpenteando por la tarima del pasillo. Las paredes, sin las sombras de los relojes de carillón, dan repelús. La manga de una camisa pillada a la altura del codo por la puerta corredera del armario, qué dolor. Te das la vuelta y allí está: la carta, cómo no, la consabida carta, dentro de un sobre grande, color lila pálido, con tu nombre escrito en él. La caligrafía femenina, tan familiar, unas letras orondas atravesadas por la visera urgente de los trazos horizontales, algunas palabras tachadas con ansiedad, vocales y consonantes, demasiados nervios, una alambrada de pinchos en la que se enredan los ojos. Aunque la leas por encima una sola vez, una sola, con eso basta, ya no se te olvidará nunca. Las frases se te graban en las gafas. «Querido, cuando leas esta carta yo ya...».

Se ha ido.

Te sirves la primera, te sirves la segunda, te sirves la tercera. No escatimas. Hasta arriba, bien lleno, buen pulso pese a todo. Sin hielo, nada de hielo, no hay tiempo para eso. Destilerías G. Benton, Ltd., envejecido en barrica de roble blanco respetando las tradiciones, pues qué éxito. Utilizas el sobre lila pálido a modo de posavasos, mira tú por dónde en el fondo te viene bien ese sobre con tu nombre escrito en él. Es útil para algo.

Al apoyar el vaso en el sobre, la tinta con tu nombre se ha corrido, qué importa, mejor así. Un estuario morado. Echas en falta tus relojes de carillón porque eran tuyos, no de ella. Tuyos. Máquinas venerables, con cuerpos de madera barnizada, herencia de la tía abuela Pompeya, que tenía ese hobby de coleccionar relojes. Se los ha llevado todos; no ha dejado ni uno. La tía abuela Pompeya era una cara pastosa que bizqueaba entre las páginas de un álbum de fotos, posando de medio lado, con una pamela de flores, ante el resol del verano, flanqueada a la derecha por una pérgola y a la izquierda por un militar sin cabeza. Echas en falta el tintineo milimétrico del hielo en el hueco de tu mano, esa musiquita tan frágil que te ha acompañado durante toda tu vida, desde que tienes memoria. Al menos esta casa es tuya, de aquí no puede expulsarte, en eso has tenido suerte. Eres un tipo con suerte. Dice en su carta que lo siente mucho, que no ha sido capaz de evitar la tentación. Otro hombre. Subrayado dos veces. Ya, claro. Otro hombre. A ti lo que más te preocupa de todo este asunto es la manga de la camisa pillada por la puerta del armario, qué daño hace mirarla, es horrible. Eso es lo peor de todo, la manga, si no fuese por la manga igual hasta serías feliz. Te has quedado rígido, entumecido en la única silla del comedor, bajo el cable pelado de la lámpara del techo. No duele, no, es otra cosa. Una especie de anestesia, como un cansancio intramuscular muy hondo, muy antiguo, que aflora desde la lejanía de un futuro inmediato. Se veía venir esto. Falso: no, no se veía venir; no te mientas.

Los pensamientos son peces, abren y cierran la boca, mueven las aletas, nadan en la pecera, van lentos. Un acuario de ideas. Tu cerebro lleno de agua, a punto de desbordarse por congestión. Una piscina en la cabeza. Una hoja de arce desciende meciéndose del cielo, roza la superficie que se estremece en ondas concéntricas. Lo primero que piensas es: «Debo evitar conducir». Estos primeros días serán críticos, lo sabes, hay que escapar de eso a toda costa, ponerse al volante del automóvil, ni se te ocurra, es peligroso, te quedas lelo, muchos cornudos se matan estos días en accidentes de tráfico, es por eso, por la falta de reflejos, están drogados con la pena y se matan, se les olvida dónde están, quiénes son, se salen de la carretera en una curva o se estampan contra el radiador de un camión cisterna que viene en dirección contraria y ni siquiera lo ven, no lo digo yo, que conste, lo dicen las estadísticas de las aseguradoras. Las estadísticas no mienten, vienen avaladas por porcentajes y gráficos en forma de tarta. Pero por qué se empeñarán en llamarlos gráficos de tarta si no se parecen en nada a una tarta. Ni por asomo. Eso es lo que me gustaría saber a mí. Tu esposa infiel te ha abandonado por un hombre subrayado dos veces, privándote de tu coche y de tus relojes de pared. No lo digo yo. Cornudo. Lo dicen las estadísticas.

Eso fue ayer. Hoy es día de limpieza. Tendré que llamar a la asistenta, ponerla sobre aviso, no vaya a asustarse cuando la mujer abra la puerta y vea. Empezar a contárselo a la familia, sobre todo a mi madre, a los amigos, va a ser un trago difícil. En el congelador queda pollo. Ay, cómo ha podido pasarnos esto, con lo que nosotros nos queríamos, Karina y yo, no te puedes ni imaginar, una auténtica locura, una borrachera de amor, si éramos la pareja perfecta, todo el mundo lo decía, inseparables, tal para cual, me acuerdo ahora de tantas cosas, qué se yo, momentos mágicos, irrepetibles, bagatelas que te vienen a la memoria, capítulos de una historia compartida, una vez recuerdo que le regalé una caja de bombones sin motivo alguno, porque sí. Las tapas a rosca de los tarros de mayonesa que ella no podía abrir, se las desenroscaba yo. Ella entonces aplaudía mi fuerza física, nos reíamos mucho, reír es bueno para los músculos faciales, los robustece, ahora ya no. Algunos domingos al mediodía, en la cocina, si ella no alcanzaba cualquier cosa de los estantes más altos, yo me encaramaba a un taburete y se la alcanzaba, toma cariño, eso le decía desde lo alto del taburete, haciendo equilibrios para no caerme y romperme la crisma contra el suelo, un paquete de fideos o de caldo concentrado o lo que fuese, parecíamos siameses.

Y ahora ya ves. Separadísimos. Que no ha sido capaz de evitar la tentación, dice entre palabras tachadas. Las paredes mudas de una casa sin relojes. La copa sin tintineo. El marido sin coche para que no se mate en una curva de camiones invisibles. No teníamos hijos pero teníamos perro, lo que quizá sea peor, porque quién se queda ahora con el perro, dime tú a mí, si los dos queremos quedarnos con el perro, cómo se reparte un perro, es imposible trocearlo. Uno se encariña con ellos, es un buen perro, un gran danés, simpatiquísimo, hace falta contratar a un abogado para que persiga por los juzgados agitando una correa a ese perro tan simpático y danés. Desde entonces solo nos hemos cruzado en una ocasión, en el despacho de la jueza, forrado de paneles de nogal, el tiempo justo para firmar los papeles del preacuerdo, hola y adiós, y ella no ha tenido el coraje de levantar la vista del suelo y mirarme a los ojos ni un segundo, no fue capaz. Iba vestida de negro, Karina, parecía una viuda, se comportaba como tal, una sombra, se conoce que ya me daba por muerto o lo deseaba. Pasó a mi lado rabiosamente mirando a través de mí, disimulando, la pequeña boca oscura fruncida con desagrado, en un rictus de censura. Cuánta hostilidad, cuesta creerlo. Otro hombre. Subrayado dos veces. Otro hombre. Cómo es posible que algo así haya ocurrido, muchas noches cuando no consigo pegar ojo me lo pregunto, ay, cómo pudo acabarse el amor si yo me encaramaba al taburete.

Nada tiene explicación. Es todo muy confuso. Este universo es incomprensible, te lo digo yo. Abogados y perros.

Crees que conoces a alguien, te parece que sí, estás bastante seguro, no del todo aunque sí lo suficiente, pero un día el espejismo se acaba, la ilusión se hace trizas y tú te ves mirando la manga flácida de una camisa pillada por la puerta corredera del armario, pidiendo presupuestos por teléfono para amueblar tu casa que ya estaba amueblada. No paras de hacerte preguntas, para las cuales no tienes respuesta. Porque ella tuvo que haber planificado todo aquello a escondidas, durante semanas, en la oscuridad del dormitorio, acostada en vuestra cama de matrimonio, la cabeza sobre la almohada, mientras simulaba estar dormida a tu lado.

El camión de la mudanza. Todas vuestras pertenencias en la calle, en la acera, ahí desparramadas al sol, expuestas a la vista de todo el mundo, en la vía pública, una vecina con rulos asomada, husmeando cuanto puede, relamiéndose ante el escándalo. Tu intimidad al descubierto. Qué vergüenza.

Es como *La aventura del Poseidón,* una película antigua. ¿La has visto? Un transatlántico de lujo en alta mar vuelca y queda invertido, cabeza abajo. Todo está al revés: las mesas, las sillas, las lámparas, los pasajeros caen del suelo (ahora el techo) como frutos del árbol, unos se ahogan de inmediato y otros no, otros luchan por sobrevivir bajo el agua y resisten toda clase de infortunios y el protagonista es un sacerdote con poco pelo que les lidera a través de esa trampa mortal y tiene dudas porque no sabe si Dios existe o no, no está seguro del todo, pero por si acaso él sigue adelante con su misión, finge que cree y salva a muchos, aunque al final muera él. Y eso tiene un mensaje, ¿no? Haz lo que tengas que hacer, aunque no confíes en el resultado ni creas en ello, no importa, sigue adelante. Tú actúa como si las cosas tuvieran sentido, aunque no lo tengan. La gente no reza porque tenga fe, sino para tener fe. Qué trabajo te cuesta. Tú hazlo solo por si acaso.

¿Tú crees que ella volverá conmigo? Yo a veces me lo planteo. Cosas más raras se han visto. Nunca se sabe. Hay misterios, psicofonías, fenómenos sin explicación racional. El otro día leí en una revista que hay ciegos de nacimiento capaces de adivinar el color de una flor solo por cómo huele. ¿No te parece extraordinario? Imagínate, vives en medio de una oscuridad eterna y de repente olfateas que esa flor de allí huele rojo, huele verde, huele azul, huele amarillo.

De verdad, este mundo me deja sin aliento. Me abruma. Encuentro que hay demasiada sensualidad en él, demasiada pasión, demasiada hermosura, un bombardeo de estímulos, todo eclosiona de golpe, bocas y frutos, disparando feromonas a todas horas, en un estallido salvaje, no se puede abarcar tanto. Hay noches de insomnio en las que intento parar de pensar, parar de sentir, frenar la avalancha de información, para no volverme loco y eso. Los pensamientos son peces. Por poco no me muero. Hago verdaderas cabriolas para no pensar, pongo toda mi energía en ello, durante horas y horas, aprieto los puños y me concentro, me desgasto pero nada, es inútil, las feromonas, no se puede mantener semejante tensión craneal durante mucho tiempo, basta un solo segundo de debilidad en que bajas la guardia y sin querer se te ocurre algo, algo te raspa la mente, te la traspasa, una imagen o un recuerdo o lo que sea, aparece un pez que te lleva al pez siguiente y ya estás perdido.

Karina. Ella me corregía, tenía una especie de realeza. Ahí están sus fotos, los vídeos de nuestros viajes, te los regalo si quieres, yo no me atrevo a mirarlos. Si un reloj de pared estaba torcido, ella lo enderezaba con gracia. Cuando yo me equivocaba al hablar (lo que ocurría bastante a menudo, por cierto), ella me enmendaba las frases. «Eso está mal dicho, cariño, eso tiene que ir en subjuntivo», me decía con dulzura. Y yo ponía la frase en subjuntivo y a ella se le escapaba una sonrisa de satisfacción por una esquina del labio y el mundo volvía a estar bien alineado, igual que el reloj de pared.

Eso acabó. Ya no hay guías. Los diccionarios lo cubren todo, excepto la verdad. Los manuales de instrucciones traen páginas y más páginas en blanco. Las señales de tráfico ocultan información secreta. Los mapas nunca están actualizados; son perfectos a su manera, hasta que aparece el paisaje real y los tergiversa. Ya me ves, ahora tengo que aprender de nuevo a conjugar este mundo incomprensible en el que yo ya no sé en qué momento debo emplear el subjuntivo.

Eso no lo dicen los gráficos de tarta, lo digo yo, pero también es verdad.

Lo malo es que no se puede pensar mucho rato seguido en la misma cosa, porque entonces esa cosa se pone grumosa, se desenfoca y ya no se distingue bien. A la cosa fija que uno piensa sin pensar en otras cosas le nacen como manchas o rayitas o sarpullidos y le brotan tentáculos de patata y entonces todo se enmaraña y ramifica y así no hay quien piense en eso, porque es contraproducente. Pensar, lo que se dice pensar, solo puede uno pensar a saltos, de refilón, distraídamente, al acaso.

El cielo estrellado, por ponerte un ejemplo. Tú lo miras y es un espectáculo majestuoso. Pero majestuoso de verdad. Una cosa. Con todas esas bengalas chisporroteantes y chiribitas lanzando destellos y guiños, pero no todas a la vez, cuidado, sino (eso es lo bueno), algunas brillan ahora y otras un poco más tarde, o media hora después, o varios milenios, unas se encienden y otras se funden, latiendo según su propio pulso, como si ardiesen por turnos, a puñados, forman racimos y salpicaduras, regueros de pintura fresca, se juntan y se separan, y es como una hoguera tranquila, un baile de supernovas, un alfabeto, una pradera de luces, van y vienen, van y vienen, todo aquello respira una suerte de estupor.

Y el tiempo pasa. Y la herida, en caso de haberla, cicatriza. Las cortaduras no suelen ser homogéneas, unas partes se sueldan antes que otras. El verano madura hacia el corazón amarillo del otoño y la vida sigue su curso. El aire huele distinto. Te vas acostumbrando al hecho de vivir tú solo en un apartamento grande sin voces, sin relojes en las paredes, sin tintineos a mano, sin ladridos de gran danés. Ya no los echas en falta. De noche, cuando no logras dormir, te quedas tumbado en tu cama nueva con los ojos abiertos escuchando las poleas del ascensor o contemplas el firmamento estrellado desde la azotea. Hace varios meses que has vuelto a ponerte al volante de tu automóvil, conduces con aplomo para no salirte de tu carril, ahora no hay peligro de confundir las señales y sufrir un accidente, lo peor ha pasado, eso dicen las estadísticas con sus gráficos de tarta. Basta con evitar ciertas calles, ciertos restaurantes, determinada clase de música. Así vas recobrando tu equilibrio emocional, el control de tu vida, tu ritmo interno, tu confianza. Vuelves a tener erecciones, a masturbarte con regularidad. Trabajas mucho. Sales con otras mujeres, las invitas al cine y a cenar, a pasear por el parque, flirteas con ellas y ellas contigo, nada serio, es solo por divertirse. Estás sopesando la posibilidad de vender tu apartamento –ese apartamento sin voces, sin relojes, sin tintineos y sin ladridos– y mudarte a otro piso de soltero más pequeño, quizá en el centro. Con el dinero que te sobre puedes comprar acciones e invertir en Bolsa, eso te aconseja tu asesor financiero. Dos veces por semana vas a nadar unos largos a la piscina del polideportivo, te estás poniendo en forma, lo intentas. Hay una chica nueva en la oficina, una de pelo rizado, con la cual estableces desde hace días un juego de miradas. Deshojas la margarita: sí-no-sí-no. Has vuelto a aceptar invitaciones para acudir a fiestas de cumpleaños, a cócteles, a presentaciones de libros, a despedidas de soltero de amigos. Aprovechas para comprarte ropa, para renovar tu vestuario que buena falta te hacía. Desempolvas de tu agenda antiguas direcciones, antiguos números de teléfono, reanudas contactos olvidados o vuelves a ver el rostro sabio de una vieja amiga con la cual una noche, hace años, casi llegaste a acostarte. Recuperas el placer carnal de participar en la vida social y bailar, de tocar y ser tocado por el deseo, de besar y acariciar otros cuerpos. Una ruptura no es tan grave, no eres el único, estás en vías de superarlo.

Cuando te duele la espalda recurres a un masajista, te tumbas en la camilla y él te da friegas con linimento en los hombros, te recoloca las vértebras cervicales, dorsales, lumbares, sufres pero no mucho, de todos modos si los dolores aprietan el masajista te recomienda pasar por el quirófano y operarte, te vas haciendo a la idea, parece que es una cirugía moderna a base de ultrasonidos, ahora lo solucionan todo con ultrasonidos. Estás, en general, conforme. Y el día menos pensado, de repente, aparece ella por sorpresa, Karina. Te espera un atardecer de sombras arañadas en las escaleras exteriores de la agencia de noticias en que trabajas. Se acerca a ti con cautela, te saluda tímidamente, soy yo, pronuncia las palabras en susurros, con esfuerzo, como con dolor de garganta. En un primer momento te desconcierta, no sabes qué postura adoptar, han pasado muchos meses desde la última vez que Karina huyó de ti en los juzgados, más de un año. Dice que necesita hablar contigo, que tiene que decirte (suspiro) algo importante. Te mira con cara de pena, Karina, está muy seductora y rejuvenecida, te mira. Más pálida y delgada. Si acaso el pelo un poco más largo, no mucho, le favorece. Va vestida con una gabardina nueva blanca ceñida en la cintura, botas nuevas, un bolso fino, un pañuelo perfumado alrededor del cuello. Siempre fue seductora Karina, casi habías olvidado cuánto. Sabe arreglarse, tiene buen gusto para eso, olfato para la moda, sentido estético, intuición o lo que sea. Eso es algo que no se aprende en las revistas de tendencias, se tiene o no se tiene. Por un momento temes si se habrá acicalado tanto solo para anunciarte una desgracia, la muerte del perro o alguna calamidad por el estilo. Pero no, no se trata de eso. Ella te tranquiliza. No traigo malas noticias, dice Karina casi sin voz. El perro está bien y sigue simpatiquísimo, aunque últimamente ha tenido lombrices.

Lo que ella te pide es que la perdones. He venido a hacer las paces. Te lo dice arrepentida, con lágrimas en los ojos, en la escalera de la agencia de noticias en que trabajas, un viernes por la tarde de sombras arañadas. Todo ha sido un error, una inmensa ofuscación, un malentendido, una metedura de pata nefasta, está sufriendo muchísimo Karina, está pasando un infierno, está sola y desesperada, en la ruina, no tiene dónde vivir, a quién acudir, ella no podía imaginar que ese hombre, lo que ese hombre le ha hecho... Tú la cortas diciéndole que por favor te ahorre los detalles. No necesitas detalles, no eres masoquista, ella ya debería saberlo. A ti te sobran los detalles. Te cuesta decirlo, has perdido la costumbre de hablar con ella, de dirigirte a su boca, las palabras te salen tropezadas. Pasan unos cuantos niños uniformados de karatecas riéndose, gastándose bromas, comiendo gominolas, propinándose empujones. El más alto lleva puesto sobre la cara un antifaz de hombre lobo.

Es un viernes por la tarde con amagos de lluvia menuda en la ciudad, uno de esos viernes encapotados y eléctricos con raíles de luz nerviosa en las aceras mojadas, durante los cuales la gente duda sobre qué será mejor, si abrir el paraguas o no. Hay cierta indecisión en el aire encharcado de humedad, en las calles relampagueantes de semáforos y vallas publicitarias, en los escaparates festivos que vociferan rebajas. El tráfico rodado es una suposición de máquinas que fluctúan, avanzan y retroceden, cambian de forma. De las alcantarillas asciende un viento amargo, de sabor metálico. Y en medio de esa luz está Karina. Y Karina te mira, te mira mucho como nadie más en el mundo te ha mirado hasta entonces a lo largo de tu existencia, una mirada asombrosa, abrasadora. Afónica Karina. No aparta los ojos de ti ni un segundo, ni siquiera cuando se suena la nariz, a la espera de tu veredicto. Los ojos muy grandes, parecen ampliados por una lupa, rodeados de arrugas delicadas. Está empezando a conmoverte, Karina, envuelta en esa luz grasienta. No tiene voz. Uno nunca sabe cómo reaccionará ante una situación semejante hasta que se presenta el momento. Hay que ir con mucho tiento, caminar de puntillas, para no arrancarse las pústulas y sangrar, para no rajarse, se camina con los pies descalzos sobre añicos de cristales rotos y clavos. Y tú en ese instante te acuerdas de esos ciegos de nacimiento que son capaces de adivinar el color de una flor solo por cómo huele.

La abrazas, qué mas da, allí en medio de la escalera. El olor de Karina, su pelo, su olor subjuntivo y su sonrisa que empieza a escapársele por una esquina del labio.

De modo que tú la perdonas, claro está, qué otra cosa puedes hacer. La perdonas, por supuesto que la perdonas, cómo no vas a perdonarla. Después de todo sigue siendo tu mujer, Karina, de la cual te enamoraste un día. Le propones que vuelva a casa contigo. Con los relojes heredados de la tía abuela Pompeya que tenía ese hobby, otra vez en su sitio, rescatados de la casa de empeños, colgados de sus antiguas alcayatas, balanceando sus péndulos y dando la hora con sus campanadas dinásticas; con el perro simpatiquísimo curado de las lombrices; con los cubitos de hielo o sin ellos. Aunque tengas serias dudas y no te fíes del todo de su arrepentimiento o su inocencia, no importa, aun así la perdonas. Pese al daño, pese a los rencores, pese a la vergüenza mutua, todo eso se supera. No hay soluciones fáciles, eso lo sabes ya, cuentas con ello. Que vuelva a casa, aunque no las tengas todas contigo, que vuelva y luego ya se verá. Del hombre subrayado dos veces no se habla, es un fantasma ahí en medio, de perfil, que no se menciona. Asusta pensar que en cualquier momento Karina pueda hacer el equipaje en secreto y marcharse de nuevo, con su afonía, dejando detrás de ella un sobre color lila pálido con tu nombre escrito en él. No has aprendido nada de toda esta historia, ninguna enseñanza, ninguna moraleja. Estás igual de perdido que al principio, propenso a cometer los mismos o parecidos errores.

El piso, de momento, no se vende. Que el asesor financiero diga misa en latín. Sigues sin saber para qué vives, nadie lo sabe. Todos tenemos dudas, todos tenemos miedo, todos estamos muy solos. Uno intenta vivir, mejor o peor, eso es todo. Salir del atolladero sin demasiadas magulladuras. Hay que vivir sin estar realmente preparados para la vida, improvisando sobre la marcha, como quien toca de oído, a ver qué sale. Que vuelva a casa. Actúas a ciegas, imitando el modelo del sacerdote con poco pelo del *Poseidón*. Cuando ya no puedes más y piensas que no queda más por decir, cuando ya lo has dado todo y tienes los pulmones destrozados, sin una gota de oxígeno, aún tienes que exprimirte un poco más, arañar una nueva palabra. El agotamiento total no es más que el principio, la línea de salida. A partir de ahí hay que seguir avanzando. Dar otro paso adelante. Lo das. Haces como si creyeras. Nadie te garantiza nada. Es un acto de fe. Lo haces solo por si acaso.

Las estrellas, entretanto, siguen siendo un jeroglífico. Uno se asoma a esa vertiginosa instalación eléctrica, a ese palacio de Versalles galáctico mientras por dentro siente, siente, cualquiera sabe qué siente uno ante el silencio iluminado de los abismos, tantas cosas, un respingo de orfandad y una especie de ternura, o todo lo contrario, un ahogo aquí dentro en el pecho que te impide respirar, casi te asfixias, yo creo que es algo que tiene que ver con el tiempo, todos esos interrogantes científicos sobre los agujeros negros y el big bang y la antimateria y para qué sirve la vida si es que sirve para algo y si estamos totalmente solos o no. Yo soy escéptico, no creo que haya nadie más, pienso que estamos aislados en este termitero humano, y más allá de esa carne oscura que palpita ahí arriba no hay nada, nadie nos vigila, no hay justicia ni dioses, esto no tiene remedio, solo un montón de planetas danzando en el vacío cósmico como hojarasca en el viento, trazando órbitas porque sí, bolas de lava, ruedas de hielo, lunas y soles sin significado alguno, la locura del tiempo y la belleza. Y, un día, tarde o temprano, todos morimos. Y nuestros huesos se mezclarán unos con otros, hasta confundirse en una pasta común, cuando nos coma la tierra. Pero entonces qué sentido tiene sufrir tanto y hacer sufrir a los demás y no ser felices pudiendo serlo y todo eso. Tanta infelicidad, para qué. Son enigmas que no caben en la cabeza, de tan disparatados que son. Y uno se enfrenta a todo aquello sin entender y no se puede llegar a ninguna conclusión, lo que se dice a ninguna, es imposible, solo mirar y mirar y quedarse allí a la intemperie completamente desnudo en la azotea aguardando una señal, esperando a ver si amanece y alguien viene a enderezarnos, mirando las estrellas mientras ellas están a lo suyo y no saben que las contemplas, toda la noche o lo que sea, y es todo misteriosísimo y como raro y un poco místico o así.

El cielo en casa

Cuando conmigo estás
en mi casa ya no hay paredes
hay árboles
árboles eternos

No hay mucho más que contar. Una verja entornada, algunos macizos de hortensias, unas cuantas sillas, dispersas por los senderos, de hierro. O eso creo. Aquí estoy bien. No me falta de nada. Recibo un trato educado y todas las atenciones son pocas. Las monjas me cuidan, son solícitas conmigo y ejercen alrededor de mí una vigilancia discreta. La versión oficial es que me encuentro ingresada siguiendo una cura de reposo, para reponerme de una crisis nerviosa. No sé. Los médicos me han dado permiso para salir cuando me apetezca, pero les he respondido que no, gracias. Qué barbaridad. Aún no estoy preparada para enfrentarme yo sola al mundo exterior. ¡El mundo exterior! Ese lugar con aristas afiladas, violadores en las esquinas y miradas de escarnio que se precipitan encima de una desde arriba y arden de un modo rápido y seco, como un golpe de calor.

Ya he tenido suficiente de esa cosa, gracias. Ahora busco algo que represente para mí lo que en otro tiempo significó la pintura al óleo. No tengo estudios de arte, tan solo un cursillo por correspondencia y muchas tardes de sábado de quedarme en mi cuarto de la residencia, mis compañeras salían a pasear con sus novios primaverales, mientras yo contemplaba embobada láminas de flores y aprendía sola la técnica por imitación. Mi favorito era un pintor italiano que alargaba de forma exagerada el cuello de sus modelos, en este momento no recuerdo su apellido, tantas pastillas me aturden, luego se te queda el cerebro granulado.

Pronto descubrí que había árboles en mi muñeca, y playas, y casas, y gente. Gracias a eso pude dormir más o menos tranquila. Plantaba mi caballete en cualquier sitio y me dedicaba a pintar con ardor, durante todo el día, mezclando los pigmentos en mi paleta, hasta doparme de formas, de líneas, de sombras, de colores, y caer herida por el esfuerzo. ¿Era feliz? Lo ignoro. Con el tiempo expuse mis lienzos en una galería, vendí dos o tres (circulito rojo), y la tarde de la inauguración me presentaron a la dueña, que era bastante mayor que yo, toda una dama, y pelaba una naranja.

Pero espera, que ahora viene lo mejor. La galería era un cubo de blancura, una especie de iglesia para devotos del arte que acudían allí para bautizarse y recibir la comunión. Amén. Ella estaba en una esquina, en todo su esplendor, con su naranja medio pelada. Casi ni me atreví a mirarla. Era gloriosa. Toda ella estaba hecha de curvas (yo, por el contrario, soy plana) y destellos de lentejuelas. Enfundada en un vestido ceñido que parecía terciopelo pero que por supuesto no era terciopelo sino otra cosa. Recordaba a un anuncio, a dos anuncios, a una pausa publicitaria completa. Tan perfecta, tan bien rematada, que daba la impresión de haber sido retocada digitalmente. Era una de esas mujeres que al caminar hacen mucha revolución con el pelo; cuando entran en una habitación, la luz de esa habitación cambia, algo se altera en el ambiente, los gatos se excitan, los jarrones se arrojan solos al suelo y se hacen trizas. Me quedé tan intimidada por su arrolladora presencia física que solo pude balbucear unas cuantas palabras idiotas.

–Elisenda Donantes –dije–. Para servirla a Usted.

Yo allí, con mis botines de hospiciana. Mejor dicho, con mis zapatos baratos de suela gorda de goma. Con mi aparato corrector en los dientes que me llenaba el aliento de alambres. Nada más decirlo me arrepentí, enrojecí de golpe. Estaba abochornada. Era pintora. Y creo que, en mi interior, llegué incluso a hacerle una reverencia. Ella rio con condescendencia profesional, sin darle importancia, le hizo gracia el tratamiento y lo adoptó desde entonces como divisa.

–No tengas miedo –dijo, tendiéndome una mano cargada de pulseras étnicas–. No muerdo.

Hubo un ligero temblor de tierra. Sus manos y sus pies eran muy grandes, me fijé en eso. Su boca pintada de carmín rojo no coincidía exactamente con la boca de carne cuando hablaba, había como dos bocas moviéndose, superpuestas, una más pálida y secreta que la otra. Usted.

Y ahora, conviene no olvidar que durante los meses que dure mi convalecencia en esta clínica privada, hasta que recupere del todo la salud y sea capaz de enfrentarme al mundo de nuevo, que se dice pronto, ella estará frente a mí, investida de autoridad, ofreciéndome su mano abierta con un gajo de naranja, uno solo, y que yo estaré postrada rodilla en tierra, eclipsada por su luz cegadora, todo el tiempo del relato, y seguiré llamándola Usted.

La mente se doblega e inclina ante la maravilla de Usted, igual que ciertos pétalos bajo la sobrecarga de una gota de agua. No sé.

–Vayamos a bailar –ordenó ella.

La discoteca era un hervidero de sombras. En aquella época todas las discotecas se llamaban igual: *Cerebro* (o *Cerebrum), Amnesia* y *Karma*. No parecía haber otros nombres disponibles. En medio de la música dramática de *Amnesia*, los vasos de tubo temblaban, las columnas temblaban, los corazones temblaban. Todo parecía de caramelo, cambiaba de color, entraban ganas de metértelo en la boca y saborearlo. En ese terremoto electrónico nos restregábamos con otros cuerpos entre gogós de botas blancas con muchas trabillas y convulsiones de luces epilépticas, cadavéricas, y de repente un fuego rosa subía por las rodillas, reptaba por los muslos y me lamía el surco del vientre hasta más arriba de la cintura, hasta el ombligo, un latido animal, el resplandor del deseo, la sonrisa entrevista de una ninfa, los ojos emocionantes de Usted mientras me acariciaba el cuello al ritmo de aquella percusión africana. Hubo eclipses de luna, auroras boreales rozándonos las mejillas, estampidas de cebras y coros de ángeles, yo lo vi. El suelo de *Cerebrum* se movía solo, reptaba, venía a mi encuentro y se alejaba serpenteando entre latidos calientes. Los oídos me pitaban muchísimo, tenía ruido en los ojos, nieve en los brazos, tabaco en las pestañas, bebí más alcohol para remediarlo, mezclé sin pensar pastillas en forma de gominola que un desconocido con gafas de sol en la entrada de los aseos me regaló, luego me entró la risa tonta, la risa floja, la risa histérica, no podía parar de reírme ni de tragar gominolas. Qué barbaridad. Los cimientos de *Karma* retumbaban, como si el toro de la música embistiese los muros desde fuera.

–Vayamos a casa –ordenó Usted.

Fuimos. Llegamos. Aparcamos. Entramos. En el portal había figuras de atlantes que cargaban con el peso del mundo, con el peso de la casa. Me reí menos. Usted tenía su apartamento, un ático espectacular en Corazón de María, decorado con ampliaciones fotográficas de boxeadores, campeones del mundo de los pesos pesados, gente así de rara. Le atraían, dijo Usted, la sangre, la violencia física, las narices partidas, los huesos rotos, la voluptuosidad tropical de los tatuajes, la santidad del dolor. No entendí nada-nada de su explicación. Me dejé arrastrar por los pasillos, tarareando una canción infantil para no desmayarme, hasta llegar a su dormitorio: la cama descomunal, su oleaje de edredones y colchas, todo rosa, verde, nácar, azúcar, velas aromáticas, como hecha de capas de merengue, zozobrante de cojines, aquella cama acuática, su cama pronto nuestra. Nadie tosió. La puerta se cerró ella sola, la jaula del amor se cerró con un chasquido, y Usted y yo nos quedamos atrapadas en el interior de esa caja sin salida, rascándonos los nudillos. Usted, bastante relajada, algo ebria, supongo, comenzó a desvestirme, las prendas iban cayendo una tras otra al entarimado, los enganches de mi sujetador se resistieron un poco, hubo que desatascarlos con fuerza, hasta que cedió, qué barbaridad, Usted me pelaba igual que a la naranja, me descortezó, la puerta de la jaula se cerró con un chasquido y yo caí desmayada y Usted me sostuvo y tiró de mí, nadando hacia la cama, las dos solas, nunca, siempre, todo, nada, papá, papá, esa primera noche en su ático, espiadas desde las paredes por aquel ejército trágico de púgiles ensangrentados, y Usted me dijo tranquila y yo dije no, si tranquila estoy.

Caí rendida. Soñé un sueño pegajoso de panteras y leche y un poco Cruella de Vil. Cuando me desperté, el sol entraba y salía de los espejos. La mañana se curvaba en una luz drogadicta. Me levanté exultante, pletórica, con una euforia de campanas repicando todas a la vez, añadiendo azul al azul del cielo, que se dice pronto, en vista de lo cual opté por asaltar la cocina, hambrienta de zumo de naranja y colacao y jamón y huevos fritos, con ganas de bailar y prolongar la fiesta, de aplaudir, de yo qué sé, presintiendo que mi vida había quedado cortada en dos mitades como la loncha de queso fresco en mi plato: antes de Usted y después de Usted. Una simetría perfecta.

Bajo su mirada analítica, esa mañana devoré cantidades industriales de tostadas con mantequilla y mermelada, hablé con la boca llena y no me importó, me chupé los dedos de gusto, reí a carcajadas, lloré delante de Usted sin pudor y me soné la nariz furiosamente, trompeteando, fumé un millón de cigarrillos empalmándolos unos con otros, no te exagero, atragantada por el humo y las risotadas, no sabía que se pudiera comer tanto ni reír tanto ni fumar tanto ni ser tan feliz. Qué barbaridad. Todas las campanas repicaban a la vez, el cielo era una lámina cada vez más azul, un azul kokoshka casi a punto de reventar en las retinas. La comida no se acababa nunca, un desfile interminable de bandejas preparadas por una doncella mohína vestida de uniforme, que me miraba con odio, cuánta abundancia, ni el deseo, ni la música, ni las palabras, siempre habrá más, nada termina del todo, nada termina del todo, y eso es algo de lo que me di cuenta en la cocina de Usted.

Nada termina del todo. Aquel primer desayuno nuestro duró horas, se estiró hasta pasada la media tarde, resultó épico. Me dolía la mandíbula de tanto reírme o comer.

Con el quinto colacao, ya más calmada, fui consciente de que mi suerte estaba empezando a cambiar y el destino me brindaba una segunda oportunidad (¿la última?) para enmendar los errores del pasado, a mí, una simple pintora con zapatos de suela gorda de goma, como he oído que pasa cuando durante el rodaje de una película la primera toma sale mal y se vuelve a repetir una y otra vez, hasta que sale bien, y a las tomas defectuosas se las arrincona o destruye y por eso se las llama tomas falsas. Por eso, porque no son válidas. Así se las llama. Menudo nombre.

Tomas falsas.

Pero espera, que ahora viene lo mejor. La mujer llamada Usted me adoptó, se convirtió en mi mecenas, me tomó bajo su protección, me propuso instalarme en su ático de Corazón de María, «aquí hay sitio de sobra», cómo negarse a ello. ¡Para Usted era todo tan fácil! Esta podía ser la respuesta a mis plegarias. En seguida me percaté de que Usted no tenía más que chasquear los dedos y sonreír con las cejas (ni siquiera con la boca), para que de la nada apareciera un séquito de hombres dispuestos a cargar con nuestras maletas, reparar nuestros electrodomésticos averiados, conducir nuestros vehículos o cocinar en su punto justo nuestro medallón Wellington con sus escamas de hojaldre y patatas panaderas.

Para mí, en cambio, todo era mucho más tortuoso y lento, todo me provocaba asco, o miedo, o envidia, no me atrevía a alzar la voz, a volar sola, vivir me aterrorizaba, la luz del sol me daba pánico y el solo hecho de respirar se me antojaba poco menos que un milagro inmerecido.

Hay personas así, que mueven el mundo con la fuerza loca de sus pulseras y sus dobles bocas de Joker y la arrogancia insolente de que el mundo es una naranja dispuesta a ser pelada, mientras que a otras naturalezas poco ambiciosas les da vergüenza vivir y prefieren pasar así como de puntillas, sin llamar mucho la atención, muertas del susto. Es ocioso aclarar a qué grupo pertenece cada una de nosotras dos.

Usted era alta y bella con su pañuelo rojo en el pelo (¿o era una diadema?), un ser de raza superior, una diosa rebosante, una exageración de mujer, y yo en cambio era pequeña y pecosa como una ciénaga, un láser de nervios, y me retorcía las manos de angustia sobre el suelo enmoquetado del hall de cualquier resort cada vez que el recepcionista me rompía el alma con la dichosa pregunta sobre el número de camas que desean las señoras. Pero Usted respondía muy tranquila, sin alterarse, casi con ternura, nada pecosa, mirándole a los ojos y pulverizándole con su mejor sonrisa de cejas.

–¿Y qué? –Usted se encogía de hombros más tarde ante mi admiración–. No es más que un hombre. Un don nadie. No muerde.

Para qué engañarnos, habría sido difícil concebir dos mujeres más diferentes que Usted y yo, dos cuerpos más opuestos, como la selva y los valses, y sin embargo durante cerca de un año viajamos juntas visitando las maravillas del universo, y fuimos algo así como felices, a ratos, tomadas de la mano, cuando el azar nos sorprendía al mediodía fotografiando una torre inclinada o la explanada de las mezquitas, revolviendo en los bazares árabes en busca de antigüedades y cachivaches o haciendo los preparativos del viaje a Egipto, para visitar las pirámides de Egipto.

Usted conocía el valor de las cosas, era experta en diseccionar calidades y precios, y entendía el comportamiento del vino en las papilas gustativas («En boca, buena estructura y taninos ligeramente ásperos, con retrogusto a madera»). Yo no. Yo era pintora. Tenía zapatos gordos con suela de goma, que croaban al andar. A mí se me podía manipular con facilidad, dado que me fiaba de los engañabobos de la teletienda, que eran todos preciosos y convincentes, de colores alucinantes, y recibía con el mismo alborozo la gema verdadera que la piedra de imitación, la esmeralda auténtica que el broche de bisutería. Para mí, lo único que contaba era el abrazo, y la dulzura de estar juntas, y todo lo demás era accesorio. Mientras yo bailaba de júbilo con mi regalo, Usted permanecía un poco distante, cruzada de brazos, observándome con mirada bisturí, sopesando los pros y los contras.

–Eres rara, Elisenda Donantes –decía al fin–. ¿Por qué no puedes ser como todo el mundo?

Juro que me esforzaba. No olvido que gracias a Usted corregí malos hábitos y refiné mis modales. Cuando Usted me recogió de la calle, yo aún tenía acné y un aparato corrector en los dientes, no era más que una chiquilla acomplejada que sorbía la sopa, con mis coletas modelo Pippi Calzaslargas. Usted fue quien me enseñó a apreciar en su justa medida la elegancia de un fresco pompeyano o la intensidad de un sombrero. De su mano levité hasta un planeta blando de mascarillas exfoliantes y placebos de algas, de cosmética y manicura, hasta entonces desconocido. Ante mí abrió sus puertas batientes la sociedad secreta de maniquíes y peluqueros de cadera escurrida, estilistas y fotógrafos que pululaban alrededor con movimientos robóticos, hablaban siempre en clave y eran, según parece, imprescindibles para la vida. Había por allí un escenógrafo grueso y homosexual llamado Max Bordewski, con la camisa verde y los pantalones amarillos, no te lo pierdas, que siempre nos hacía reír con sus bufonadas y sus imitaciones de estrellas de Bollywood y que sudaba, buf, lo que podía sudar ese hombre, no te exagero. Bebíamos agua de mineralización débil procedente de manantiales selectos y nos inyectábamos cócteles multivitamínicos para el rejuvenecimiento. Todo se lo debo a Usted. Yo era joven, temerosa, nostálgica del tiempo ido. Aún tenía mucho pasado por delante.

En el Country Club, los aspersores regaban inmensos campos de golf con un chasquido de besos, las abejas libaban su miel para nosotras, los taxistas doblaban el espinazo, las masajistas nacieron para atender nuestros menores caprichos a cualquier hora del día o de la noche, las costureras rendían hasta perder la vista. Por suerte Usted y yo vivíamos en la mitad pelada de la naranja. Por eso nunca he llegado a entender una frase leída en alguna guía de viajes y que decía: «En los cuatro siglos posteriores al descubrimiento de América, cerca de doce millones de esclavos fueron sacrificados en las plantaciones de caña de azúcar, solo para que los occidentales pudieran endulzar su café».

Usted tenía el ojo adiestrado del tasador, la pupila enfriada del prestamista, y nunca se equivocaba. Usted estaba al mando, sabía lo que se hacía, yo confiaba en Usted. Para empezar, tiró todos mis vestidos a la basura porque dijo que eran trapos y estaban pasados de moda; necesitábamos renovar mi armario con algo más chic, acorde con mi nuevo estatus, sin reparar en gastos. De modo que eligió mi nueva ropa, programó mis lecturas, mi peinado, mi maquillaje, me explicó a qué partido político debía votar a partir de ahora y por qué. Se empeñó en que me tiñese el pelo de verde y yo, por no llevar la contraria, me teñí el pelo de verde, y eso que a mí el verde. Distinguía lo que me convenía y lo que no mejor que yo misma, por algo era perfecta. A los pocos meses de estar juntas llegó a la conclusión de que pintar no me convenía, «no era lo mío», y yo sumisa acepté su juicio, cerré con llave mi maletín, arrojé lejos mis pinceles y abandoné la pintura al óleo para siempre sin una sola protesta, sin pena, en el fondo agradecida y contenta de complacerla, creyendo que así me querría más. Me despedí de mis flores mustias y mis bonitas modelos con el cuello alargado por los pinceles de aquel pintor italiano de cuyo apellido no consigo acordarme, demasiadas pastillas en el cerebro. Uno que se mató de tanto beber o drogarse o masturbarse o probarse ropa interior de mujer o lo que quiera que hiciese a solas en su buhardilla de monparnás.

En lugar de eso, Usted me tomó a su servicio en calidad de secretaria. No podía decepcionarla. Tuve que hacer un curso intensivo para aprender a escribir sin faltas de ortografía, atender sus llamadas, llevar al día su agenda. Entre mis obligaciones también se incluía encargarme de concertar citas con sus amantes en los congresos a los que Usted asistía e incluso participar, si la ocasión lo requería, en sus tríos. A eso me dedicaba y era lo justo, no tenía motivo de queja. Yo desempeñaba bien mi cometido, era una secretaria eficiente en la mesa y en la cama. Mi trabajo además consistía en cuidarla cuando Usted padecía una de sus frecuentes migrañas, tenía gripe o menstruaba.

Usted me pareció siempre una versión mejorada de mí misma, como si yo fuese un garabato deficiente y orientativo, nada más que un intento malogrado, y Usted la obra de arte definitiva, la que se enmarca en los catálogos y vuelve loca a la gente. A lo mejor pienso esto por haber sido pintora en el pasado, nunca se sabe. A mí me emocionaban cosas sin valor que Usted desdeñaba un poco, sin rebajarse a admirarlas, pasando de largo ante ellas, mientras yo podía caer en trance frente a un simio de hojalata que tocaba unos platillos, un buey abierto en canal con su espatulazo de bermellón delacroix en el lomo o la trenza fucsia de una ristra de pimientos colgada de la pared ocre de un gancho en el zoco. Me fijaba en cosas así de tontas, lo reconozco, y también en la humedad en las alas de las palomas y el hollín de las estatuas, un grafiti en un muro, el canto del muecín llamando a los fieles a la oración, los musicales pasados de moda, en qué cosas me fijaba.

Lecciones que Usted me enseñó: a caminar erguida, a parecer impasible, a no exteriorizar mis sentimientos, a reprimir mi entusiasmo. La importancia del protocolo. Que no había diferencia entre el arte y el no-arte. Todo podía ser arte; solo había que educar la mirada para aprender a identificarlo: una nube en forma de llave, ese muro de allí con una sombra de barba reflejada en un estanque, aquel manchurrón de vino en el mantel expandiéndose a la velocidad de un dubuffet de bolsillo. No me invento nada, repito sus palabras.

Salir, volver, facturar, viajar. Yo no hice más que seguirla a tientas por los pasillos, tarareando una cancioncilla, igual que aquella primera noche en su ático de Corazón de María. A mí todas las iglesias me parecían más o menos iguales. Apenas notaba la diferencia entre el gótico temprano y el románico tardío. Una vez vista una, las siguientes eran repeticiones, o plagios. Siempre había algo a caballo entre dos siglos. Después del ajetreo circense de cada viaje, lo más bonito era volver a casa y no hacer nada, dormir, bañarse en el jacuzzi, poner muecas graciosas y decir gansadas, desperezarse y bostezar con todas mis fuerzas, dado que lo que une de verdad a dos personas, en mi opinión, lo que espesa un vínculo, no es tanto haber compartido las mismas aventuras exóticas en tierras lejanas, sino el hecho de haberse aburrido juntas, en el sofá del salón, un domingo por la tarde.

Es cierto que Usted juzgaba con dureza a sus semejantes, pero era solo por nuestro bien. Para que los demás aprendiésemos a esforzarnos, siguiésemos su ejemplo y fuésemos mejores. Podía ser muy hiriente cuando se lo proponía, y nunca-nunca estaba contenta del todo, era su naturaleza. Usted era de esas personas que solo piensan en sí mismas. Monógamas, creo que se llaman. Ahora me salto unos cuantos meses y llego a la mañana en que la casualidad quiso que escuchase sin querer parte de una conversación telefónica suya con Max Bordewski, en la que Usted criticaba a alguien, no te lo pierdas:

–Pobrecilla. Es buena pero tonta. Si es que no se entera de nada, Max. De nada. La compadezco. En el fondo me aburre. Nuestra relación no tiene futuro. Hay días que me enerva, me ataca los nervios, no lo puedo evitar. Lo sé, lo sé perfectamente. No, ya no me gusta, he cambiado de opinión. Esperaba más de ella y me ha decepcionado. Confío en librarme pronto de… Sí, la pobre. No se imagina aún lo que le aguarda.

Retrocedí de puntillas y me alejé de allí lo más aprisa posible, antes de oír ningún nombre. Preferí mantenerme en la ignorancia y no identificar a quién se refería Usted, aunque, en el fondo, sentí lástima de esa pobre polilla anónima, aun sin conocerla. La imaginé sola, perdida. Fuese quien fuese, no me gustaría estar en su piel. Qué barbaridad. Luego me puse a cantar, cantar me gusta mucho aunque desafine, es relajante cantar.

> Cuando tú de mí cerca estás
> mi techo gris ya no existe
> no existe no
> yo veo un cielo de fulgor
> que nos mira así
> abandonados

Yo era capaz de llorar ante una vieja inservible, solo porque era vieja, y era fea e inútil, y olía mal, y encima estaba sucia, enferma y pobre y tal vez se lo mereciese. A lo mejor esa mujercita de aspecto inofensivo era mala y cruel, o había arruinado a su familia, torturado a sus hijos o envenenado a su marido con líquido de frenos, quién sabe. Pero a mí no me convencían los argumentos de Usted, para mí esa vieja era santa y más importante que Dios, porque existía. Usted desde sus salones brillantes no entendía que yo, su secretaria inculta de pelo verde, tuviese mis motivos para acercarme a la vieja pordiosera, socorrer a aquel pellejo inmundo, unirme en un abrazo con ella y pedirle perdón al oído, conteniendo la náusea, en nombre de toda la humanidad, solo porque iba a morir.

No podía evitarlo, yo era así, con mi cabeza de chorlito muchas veces me despertaba llorando desconsoladamente sin motivo alguno (si se me ocurría acordarme del koala del zoo, solo en su jaula, tristísimo bajo su antifaz, columpiándose de un neumático colgado de una rama); y otras veces me reía yo sola también sin motivo alguno, de repente, porque sí, o de cosas que no tenían gracia, lo mío era el humorismo patoso de piel de plátano y resbalón. En cambio permanecía seria, incluso triste, ante la contemplación de la viñeta cómica agudísima del suplemento dominical del periódico, que Usted tanto celebraba a carcajadas

(«¡Es di-vi-na!»), y que yo miraba y miraba incapaz de entender su doble sentido. No nos poníamos de acuerdo y eso nos irritaba. Nos irritaba mucho. De estas sutiles traiciones está hecha la convivencia, y la vida de pareja, nada grave, pero que va intoxicando poco a poco la confianza, acentuando las diferencias, comiéndose el oxígeno de los cuartos, despegando el papel pintado de las paredes, poniéndolo todo pringoso de engrudo, hasta que llega un día en que la atmósfera resulta irrespirable y se convierte en un puñetazo de aire.

Ahora viene lo peor. Un domingo por la tarde, durante una excursión por el campo, a orillas de una cascada, Usted, medio en serio medio en broma, trató de estrangularme. Usted ese día estaba de un humor raro, como siniestra, no quiso contarme por qué, apenas tocó la comida del asador y en cambio se dedicó a apurar un bourbon detrás de otro mientras no paraba de retocarse el pelo que no necesitaba retoques y hablar de enfermedades venéreas, atentados terroristas, accidentes aéreos, tumores cerebrales, operaciones de cirugía plástica que terminaban creando monstruos de bótox y hornos crematorios. Todo era horrible, ese día, para Usted, que estaba en plan de criticarlo todo, mientras yo estaba en plan de adorarlo todo. Usted, en un descuido, me comió la boca. Se hizo un silencio a nuestro alrededor, las familias de las otras mesas nos miraron con asombro escandalizado, como sin acabar de creérselo, un espasmo recorrió los grupos que se contrajeron con un estremecimiento de pulpo humano, todo orejas y ventosas, un camarero cuya cabeza era como un puño apretado se acercó y nos arrojó la cuenta diciendo: «Señoras, un respeto que hay niños, hagan el favor, aquí no me monten el espectáculo».

Ellos eran muchos y nosotras, ay, solo dos. No sin esfuerzo, conseguí arrastrarla de allí para dar un paseo, desentumecer las piernas, respirar aire sano y alejarnos de esas bestias. Usted se puso unas gafas de sol enormes que le tapaban media cara; el sol se astillaba en ellas, roto en reflejos. Con ese antifaz de Catwoman paseaba, daba grandes zancadas que me costaba trabajo seguir, nunca estuvo tan bella. Todo estaba tranquilo, un poco muerto, algo encogido, recuerdo que había un gran silencio, una gran paz, un cielo parmesano (como de queso con grumos), algunos corderos pastando, pocos caballos, mejor dicho ninguno. Y esa luz de cinemascope que lo radiografiaba todo.

Ese domingo el campo, no sé por qué razón, me pareció deprimente. Algo mohoso y artrítico, hecho todo él de mechones de pelo y agua estancada. Los árboles tenían barba, sus troncos se retorcían formando dolorosas equis que tachaban el paisaje. En las cortezas crecía un moho verdoso que le daba un aspecto enfermizo y marciano de epidemia. Los troncos estaban rajados, acuchillados con corazones y fechas, varios de ellos tenían cicatrices por las que supuraba la sangre verde del moho. En lugares así de salvajes la virgen de Fátima acostumbra a aparecerse a los pastores, se me ocurrió, con su manto azul celeste y su aureola mística, un fantasma de luz con los bordes irisados, flotando sobre un arbusto. La virgen de Fátima, tan triste que a veces llora sangre.

Se lo comenté a Usted y Usted se abstuvo de responder, absorta en sus pensamientos. Yo también preferí callarme, para no molestar y evitar males mayores. Las dos guardamos silencio envueltas en nuestras estolas de visón. Aquello no presagiaba nada bueno. Nos detuvimos junto a aquel salto de agua que corría como un río vertical y Usted volvió a comerme los labios. Se entretuvo en mi cintura, me magreó las tetas y el culo (una frase vulgar para un domingo vulgar), subió a mi cuello sus manos, las dejó allí posadas durante largo rato. Luego restregó su cara contra la mía. Nuestras frentes estaban juntas, pegadas por el sudor una a la otra, yo sentía su respiración agitada. Usted estaba triste, no hacía más que suspirar, sufría mucho, eso se notaba. Usted me daba pena. Se oyó piar a unos pájaros, el mugido del motor de un aeroplano, un chapoteo.

> Suena una armónica
> parece un órgano que vibra
> por ti y por mí
> en la inmensidad del cielo
> por ti y por mí
> en el cielo

Usted cerró sus fríos dedos alrededor de mi garganta y apretó hasta que casi me asfixia. Creí que iba en serio y no opuse resistencia; me invadió una extraña flojera. Asentí con todo mi ser a aquel acto de violencia y me dejé llevar. Pude notar cómo la vida me abandonaba. Vi el reflejo deformado de mi cara en sus gafas de sol enormes, que no dejaban traslucir la menor emoción. Me ahogaba, no podía respirar, me debatía por expulsar aquella cosa pesada y de madera y lenta de mi garganta, una soga se iba estrechando alrededor de mi cuello. Cómo explicarle que la entendía, que yo estaba de su parte, que todavía lo estoy. Es más: si pudiera, yo misma me cortaría las manos y se las regalaría a Usted, para que me estrangulase con ellas.

En el último momento me asusté tanto que me oriné encima de los pantalones, yo no tuve nada que ver, fue una reacción física involuntaria. Mi cuerpo dijo no. Eché un último vistazo a mi alrededor, el vuelo de una mosca, un grupo de piedras, el río verde y lento, el impulso vertical de los troncos ascendiendo hasta una altura fantástica, balanceando sus ramas sin ruido, nada especial, *los árboles eternos*. Los troncos de los árboles crecían y se estiraban –como los cuellos de las modelos–. Y yo me despedí de todo sin lástima, le dije adiós al mundo con un pequeño te quiero, sentí estallar en el pecho toda la majestad del universo con sus montañas y océanos y los nombres de cada lagartija y de cada insecto, de cada brizna de hierba, de cada estrella, de todas las criaturas que surcan la tierra y los mares y el cielo, de todos los barcos, y en ese momento crucial de mi existencia no me habría importado morir, allí, sin dignidad alguna, en plena naturaleza, feliz en brazos de mi verdugo, en el paisaje tachado.

¿Qué podía hacer yo? Estaba a su merced. Usted era tan grande y todopoderosa que me abarcaba entera, me contenía, me respiraba, me transportaba dentro de Usted, igual que una de esas muñecas rusas cuyo nombre tampoco recuerdo ahora, qué cabeza la mía, esas que albergan en su interior su propia réplica en miniatura, que a su vez contiene otra, y otra, cada vez más insignificante, de modo que al colocarlas todas juntas en la repisa de la chimenea queda expuesta una decreciente hilera de fetos coloreados.

En la refriega en el campo perdí un zapato, el derecho, pero no lo advertí hasta un rato después. Regresé cojeando al coche, detrás de Usted, con una sensación de zumbido. En el camino de vuelta a la ciudad, las dos nos comportamos con naturalidad y aparentamos que no había sucedido nada, porque nada había sucedido, pese a mis pantalones mojados y a mi pie derecho descalzo por la falta del zapato. Usted hizo que bromeaba, yo hice que me reía de sus gracias, éramos gente de nivel. Todo era tal como debía ser y el mundo estaba bien hecho. Vivir podía ser fácil, no era tan difícil. En el vidrio del parabrisas corrían las ruinas del atardecer, otro domingo se desintegraba y moría, la oscuridad iba ganando terreno y la mañana del lunes, poco a poco, se comía a dentelladas las últimas esperanzas. Las luces de las farolas crepitaron y, tras un fundido histérico, se encendieron. Los coches, atrapados en un atasco, gruñían como puercos. Ignoro qué ocurrió en su cabeza ese día, por qué se arrepintió en el último momento y me permitió seguir viviendo. No me mató. En cierto sentido, puede decirse incluso que Usted me salvó la vida. Ahora estoy en deuda con Usted. Ninguna de las dos volvió a mencionar el incidente de aquel domingo en la cascada. Las dos fingimos tan bien que a partir de aquel momento ya no pudimos dejar de aparentar ni un solo instante, incluso cuando nuestras miradas se cruzaban durante un segundo en el espejo retrovisor.

¡Matrioskhas! Así se llaman esas muñecas rusas que se meten unas dentro de otras. Acabo de acordarme.

Pese a lo cual yo la amaba. Tal vez la ame todavía, aun más que antes, si cabe, aquí recluida entre las cuatro paredes blancas de esta clínica de reposo, de donde soy libre para marcharme cuando me plazca con permiso de los médicos. La clínica también es un cubo de blancura, ahora que lo pienso se parece un poco a su galería de arte. No hay tanta diferencia, excepto que aquí no hay cuadros colgados ni circulitos rojos. Y tampoco nadie pela naranjas.

Usted nunca llegó a saber cuánto la amaba, porque nunca se molestó en conocerme. Ahora puedo decírselo, puesto que ya no importa y no tengo nada que perder. Lo digo:

amaba sus largos brazos en toda la extensión de su fluir, desde la percha de la clavícula hasta la dureza mineral de las uñas pintadas con esmalte cereza. Amaba su corte de pelo (el mío es seco y quebradizo), el fulgor de su piel y su olor a ralladura de coco por las mañanas, recién salida del sueño, y el brillo metálico de sus labios, y el color de sus pestañas, y el perfil duro de sus nalgas y sus pantorrillas al sol moldeadas en gimnasios y cursos de equitación, danza del vientre y soláriums.

Seguí amándola sin esperanza incluso cuando a los diez meses de convivencia, que se dice pronto, Usted me reemplazó por otra secretaria más joven, delgada y competente que yo, y a mí me nombró su doncella, encargada de ocuparme de funciones domésticas básicas tales como sacudir las alfombras, hacer las camas, cuidar la cristalería, supervisar la colada, planchar su ropa interior, mantener limpio de polvo su ático de Corazón de María pasando a diario el plumero por sus fotos de boxeadores, cuyas facciones estudié tan a fondo que acabé mimetizándome con ellos, yo también subida a un ring, cuando recibes tantos golpes seguidos que ya no sabes dónde estás y terminas convirtiéndote en una especie de rabia tambaleante.

En las fiestas debía atender a sus invitados (artistas de verdad, políticos, embajadores, guionistas de televisión, Max Bordewski con sus bufonadas y sudores, alguna vez un ministro de cultura de pelo blanco y audífono), vestida con una cofia, y servir la cena durante el banquete, yendo y viniendo con las bandejas del caviar, medio grogui, manteniéndome en un discreto segundo plano.

Los hombres vestían o bien chaqueta sin corbata o bien corbata sin chaqueta, nunca las dos prendas conjuntadas, eso estaba prohibido, y las mujeres (era la moda) pantalones de campana con las perneras del ancho de paragüeros. No, yo no podía decepcionarla. Un día, cuando todos esos aduladores le diesen la espalda y la traicionaran, yo sería la única que no la abandonaría y seguiría estando allí, a sus órdenes. Siempre tenía que haber música sonando en sus veladas, y ramos de flores explotando en sus jarrones, extenuados de ser tan bellos, porque la vida debía ser un éxtasis permanente para los sentidos. Así lo exigía Usted, e insistía con firmeza en ello, por lo que se me encomendó la tarea de ocuparme de que no faltasen estímulos químicos en sus fiestas y de renovar el agua a sus lirios, narcisos, orquídeas y gladiolos de cremosos pétalos, además de una variedad única mandada traer por aeroplano desde un vivero remoto: rosas negras. Qué barbaridad. Mi puesto estaba en la cocina, al lado del lavaplatos, en contacto con el agua sucia y los enchufes. En poco menos de un año pasé de pintora a secretaria y de secretaria a criada. Luego pasé al sanatorio.

Creo que entonces ya incubaba en mi interior el virus del mal sin nombre que me ha traído hasta aquí, aunque aún no lo sabía. Tardó un tiempo en manifestarse y, cuando al fin lo hizo, fue devastador. Pronto me acostumbré a ser su sirvienta, dado que manejar el plumero no era tan distinto de manejar los pinceles. Ambos tenían mangos que terminaban en plumas o pelos. Cuando limpiaba su ático, me figuraba que estaba pintando un cuadro, extendía pinceladas imaginarias sobre un lienzo imaginario, mezclaba colores, creaba paisajes, bosques, desiertos, bodegones, brutalizaba morandis, y así el polvo y las pelusas de las estanterías resultaban menos monótonos. Mis mejores cuadros los pinté allí, en secreto, sin que nadie sospechara al verme, con mi cofia y mi plumero, que estaba dando rienda suelta a mi imaginación desbordada. Nunca fui tan pintora como cuando dejé de serlo y creé cuadros alegres, cuadros tristes, mis mejores lienzos, auténticas joyas que nadie verá nunca, conteniendo las lágrimas, invisibles obras maestras.

Me obstiné en amarla, no sé por qué. Incluso uniformada de sierva no pude evitar amarla, cuando a media mañana le llevaba la bandeja del desayuno a la cama, para que se despertase, y la sorprendía en compañía de mi sustituta, aquella jovencita tan sosa, las dos tumbadas sobre la colcha, vestidas ambas de Hermès (y por alguna razón eso parecía peor que si estuviesen desnudas), las piernas dobladas, muy juntas, cuchicheando entre risas. Ahora me tocaba a mí ser la que servía el desayuno a las otras, cosa que yo hacía con gesto mohíno y miradas de odio. Era más fuerte que yo. Sobre todo amé su voz (que al principio me desagradaba, por ser demasiado grave), porque para mí el amor es el placer loco, siempre renovado, de sintonizar la misma voz, una y otra vez, sin cansarme nunca, igual que una emisora de radio, alzándose sobre toda clase de distintos fondos sonoros y de distintos silencios.

Su voz grave era su alma. La que daba órdenes y disputaba, a la que solo un zarpazo de excitación física lograba quebrar algunas –pocas– veces. Yo no le pedía demasiado; me conformaba con las migajas. Me arrodillé y supliqué para que aquello durase, pero no sirvió de nada. Busqué la felicidad, pero la felicidad me escupió. Nada me hubiese gustado más que verla envejecer, envejecer las dos juntas, atenderla, ser su enfermera, verla morir y después velar su cadáver, lavarla por última vez, amortajarla, recibir el pésame de los amigos, cargar su féretro, incinerarla, redactar su esquela sin faltas de ortografía, ser su viuda inconsolable detrás de un velo. Luego me sentaría a aguardar mi propia muerte en su casa de Corazón de María, entre sus muebles, custodiando los recuerdos de su ático, ahora convertido en museo.

Como si no existiese
ya nada más en el mundo

Yo sé morir. Eso puedo hacerlo sin ayuda. Nadie me ha enseñado. Nací aprendida. No necesito lecciones. Tengo una gran experiencia. Muero y renazco, muero y renazco, a todas horas, no he hecho otra cosa en mi vida. Al menos eso me queda.

Entonces me puse a darle vueltas a la cabeza, muchas, a no comer, a no dormir, a cavilar si no sería yo la culpable, qué errores había cometido y todo eso. En fin, que me sentí fatal, en crisis, comencé a sufrir escalofríos y mareos, nada grave, desmayos, como si a mi alrededor todo estuviese salpicado de sangre. No soporto la sangre, su visión me enferma y me deprime, el color rojo puede acabar conmigo. Tenía unas décimas de fiebre, eso es cierto, y me encontraba débil, apática, sin fuerzas ni para sostener el plumero ni pintar cuadros de polvo. Mi estómago rechazaba los alimentos sólidos, sobre todo la carne poco hecha, con un asco insuperable. La raya de fiebre en el termómetro subía y bajaba sin explicación alguna, eso era algo que tenía intrigado a todo el mundo, incluso a Max Bordewski, que durante esa época adelgazó, empezó a volverse serio, a dejar de bromear y a sudar menos, puedes creértelo. El cuerpo se me puso primero azul, después morado. Estaba yo toda preocupada porque digo yo: madre mía.

Soñé.

Soñé con una tarta de boda dentro de la cual vivía un gnomo y dentro de ese gnomo había un pastillero dentro del cual vivía Usted y dentro de Usted había una ermita vacía y dentro de esa ermita tan austera estaba yo, vestida de novia, a punto de contraer matrimonio, pero no podía pronunciar los votos por culpa de mi pelo verde y porque a veces estaba viva y a veces muerta o queriéndome morir. Era todo tristísimo y dulce, el cielo estaba violeta y agrietado por relámpagos y también había una especie de radiación de guerra mundial con cañonazos de mortero en el horizonte, no sé. Y dentro de mi vientre estaba Suiza.

Usted bostezó y del interior de su boca salió volando una mariposa. O no, era la fiebre. Figuraciones mías. Yo me resistía a morir, me debatía con todas mis fuerzas, pero al mismo tiempo una profundidad me arrastraba con dulzura, un abismo tiraba de mí hacia abajo por los tobillos. Resistirse era difícil, poco educado: ridículo. De verdad que yo luchaba en serio por partirme por la mitad y parir a Suiza, al país entero, con todos sus cantones y sus lagos, con sus jefes de estación suizos con el banderín levantado (otra vez rojo sangre, ay) y sus banqueros puntuales y toda su neutralidad de estado suizo, moderno y hermético, igual que una caja fuerte.

La fiebre no me gusta. Es demasiado realista. Esas semanas de enfermedad me sirvieron para entender que yo vivía de la caridad, de las migas del banquete, era ese invitado tardío que llega cuando la fiesta ya ha terminado y apura los culos de los vasos, esa vida de prestado no podía durar mucho y en efecto no duró mucho, un día tocó a su fin. Era una situación, como Usted hubiese dicho, kafkiana. Por medio de una carta firmada por su abogado, Usted me comunicó que prescindía de mis servicios como doncella. A partir de aquel momento podía considerarme despedida.

Que me marchara. Que Usted necesitaba su espacio. Que no la atosigase. Que la dejase sola. Que adiós.

Se acabaron los viajes, los regalos, el pelo verde, los castigos y coacciones, cayó el telón. Se terminó la fiesta, Elisenda, se terminó Suiza. Hazte a la idea. Adiós, Guillermo Tell con su manzana podrida en la cabeza de su hijo. La función se ha cancelado por exceso de espectadores. El circo quedó desierto. Desmontaron los focos del escenario, envolvieron los disfraces de clown, empaquetaron los cisnes en cajas etiquetadas y los camiones de mudanza se llevaron bien lejos la luna hecha de cartulina. El barco zarpó sin mí.

Después de eso, no recuerdo qué más pasó. Hay como un ruido en mi mente. Se abren y cierran balcones, golpean contraventanas. Sé que doy vueltas sola por la ciudad, durante mucho tiempo seguido, noches enteras, que se dice pronto, y que camino y camino, me asomo a túneles, hablo sola, aplaudo saltimbanquis, saludo banderas. No sé qué más. Desde un BMW que circulaba a toda velocidad, un viejo me llamó puta.

Puta, puta, puta.

Basta ya. No quiero entrar en detalles, lo lamento, aborrezco los detalles, los malditos detalles. Los detalles son lo peor. Lo hago por consejo de los médicos, para no excitarme con emociones fuertes, ya que lo último que deseo es contar una historia, otra más, eso no. Basta. Porque a estas alturas las historias deben de estar hartas ya de que todo el mundo las cuente.

> Cuando conmigo estás
> en mi casa ya no hay paredes
> hay árboles
> árboles eternos

He oído decir que todas las canciones cuentan una historia. A mí me gustaría que fuese al revés, que todas las historias cantasen alguna canción. ¿Por qué no?

Y ahora viene lo mejor. Me encuentro casi bien. Restablecida. No he vuelto a tener recaídas, si descontamos esa vez en que oí hablar a la alfombra. Supongo que debería tener ganas de llorar, pero no las tengo, lo siento. Duermo ocho horas seguidas. Como con apetito, primer plato, segundo plato, postre y café. Canto mucho, aquí dentro. Todos cantamos mucho, aquí dentro. Pocas cosas más estimulantes se pueden hacer que cantar mucho, aquí dentro.

Tomas falsas, Matrioskhas y rosas negras. Un viejo me llamó puta. Todo se va vaciando, despacio o rápido, según los días, y estos meses de reclusión son manchas de colores diluidas en aguarrás. Desde este rincón del planeta, las noticias de actualidad –conflictos, desempleo, bancarrotas– son tan solo el murmullo de una brisa muy suave: bastaría pasar un plumero por encima para hacer que se desvanecieran. Pronto podré salir, iniciar una nueva vida, partir de cero en busca de una nueva –¡mi tercera!– oportunidad. Un momento. Creo que estoy a punto de acordarme del nombre. Sí… No… Era… Me parece que… El nombre se abre paso en mi mente arrastrándose a lo largo de un túnel de pastillas (primero pastillas para dormir y luego pastillas para despertarme), se enciende letra por letra y al fin se ilumina de golpe, el abanico se abre: mo-di-glia-ni. Uf, qué gran alivio. Usted tenía razón: no muerden.

Aquí me siento como un ficus. Estoy quieta en mi rincón, doy poco trabajo, no molestan los ficus. Aprendo a tener fe, a no impacientarme, a confiar de nuevo. Es laborioso. Lo intento. Aprovecho la hora de las visitas, en que solo viene a verme, de vez en cuando, Max Bordewski, trayéndome de regalo un pañuelo estampado o un tubo de chocolatinas, para poner orden en mis asuntos y pasar a limpio estas notas, que en caso contrario se perderían.

Max Bordewski. Se sienta enfrente de mí sin decir nada, camisa verde y pantalón amarillo, tan flaco que parece otro, u otra, silba, suspira, me hace un rato de compañía y después lo veo marcharse cabeceando, camino de algún palco u otro par de pantalones. Escribo esto sin releer, a mi aire, con la punta del corazón ardiendo, dejándome arrastrar por el libre juego de la mente con las palabras. No soy una intelectual, lo sé. Tampoco soy una artista, eso está claro. Si lo fuera, ya lo habría sido hace tiempo. Pasó mi oportunidad. He renunciado a todo eso con la misma rotundidad con que renuncié en su momento a mis zapatos de suela gorda de goma. Cada día comprendo menos cosas y las comprendo peor. No me entiendo ni yo. Si mañana Usted me propusiera vivir juntas de nuevo, sin la menor vacilación yo quemaría estos papeles y volaría a su ático de Corazón de María, con el alma en llamas. Al parecer hay cosas que no tienen remedio, no tienen cura, por suerte la capacidad de olvido del ser humano es prácticamente ilimitada y gracias a eso se vive. El sol que nos alumbra hoy procede de la luz extinguida de miles de millones de imaginaciones muertas.

La verdad verdadera es que Usted y yo hemos hecho las paces, nos hemos reconciliado, hemos vuelto a ser amigas y es lo que importa. Me niego a imaginar un mundo en el que Usted y yo dejemos de estar juntas en la misma frase. Ahora todo encaja en su sitio, más o menos. Aquí estoy, sin llegar a entenderla nunca y sin dejar de entenderla nunca. Para evitar un escándalo que podría afectar a su reputación como galerista, Usted accedió a correr con los gastos y es quien paga las facturas de este centro, que no debe de ser precisamente barato, a juzgar por sus terapias conductistas (¿se dice así?) y su cielo hinchado de luz, unos pocos centímetros por encima de los setos recortados, justo en el lugar donde a las cuatro en punto de la tarde acostumbra a aparecerse la virgen de Fátima o alguna gran artista de la pantalla como Veronica Lake con su melena caediza de cortina plateada que por algo dicen que el cine es el séptimo arte. ¿O es el sexto? Bueno, lo mismo da, en este momento no importa, a lo que iba. Luego me enteré de que *lake* significa lago, fíjate qué bonito. Llevar un lago en tu propio apellido, en tu propio pelo, qué envidia, si es que hay gente que nace ya predestinada para ser algo grande en la vida, en esta vida, es ley de vida, por eso te lo cuento.

NAUTILUS

Siempre le había parecido muy peligroso, terriblemente peligroso, vivir, aunque fuese solo un día.

Virginia WOOLF

SE ENCONTRABA PARTICIPANDO en un congreso de científicos en las afueras de Estocolmo cuando una llamada arrancó a Almeyda del primer sueño para comunicarle que su hijo había muerto en Madrid.

Muerto. Su hijo.

«Lo siento mucho, no ha sido culpa de nadie; estas cosas pasan», dijo la voz del desconocido.

«Sí, sí», respondió Almeyda, con impaciencia de sordomudo, sin asimilar del todo la noticia, medio dormido aún, y luego su mano colgó el auricular con lentitud obcecada, se puso a juguetear por su cuenta con el cable del teléfono. No acertó a la primera. Ni a la segunda. Una mitad de su mente rechazó la llamada y se empeñaba en fingir normalidad, mientras la otra, definitivamente devastada, se entregaba a una orgía de ensoñaciones, coleccionaba fechas, programación de canales de televisión por cable, se acordaba de coincidencias idiotas, de números de matrícula, del bombo de la lotería, de un videoclip con la canción del verano en el que aparecían tres chicas en bikini tocando el ukelele ataviadas con guirnaldas hawaianas y sujetadores de cocos.

Afuera sopla el viento, se ha levantado un vendaval. Trapos de nubes por el cielo. Almeyda está solo en la habitación del hotel, en calzoncillos, y por algún motivo piensa en la ilustración de un libro de anatomía de sus tiempos de estudiante, un hombre desollado con los globos oculares de tebeo y el pecho en carne viva, dado la vuelta, mostrando el interior rojo del cuerpo, un superhéroe escaldado pasado por el quirófano o las máquinas de tortura de la Inquisición. Una llaga humana, una antorcha casi lasciva.

A los pocos minutos vuelve a sonar el teléfono, pero Almeyda ya no lo descuelga, por si acaso, mejor así, para qué, prefiere mantenerse al margen y que le dejen tranquilo, no son horas de andar molestando a la gente y menos en las afueras de Estocolmo durante un congreso científico. Cuando cesa de sonar, para evitar nuevas llamadas, Almeyda deja el teléfono descolgado. Se escucha un leve zumbido.

Le duelen las gafas. No recuerda en qué momento se las ha puesto. Piensa en quitárselas, pero es demasiado esfuerzo. Sebastopol, ópticas. No puede respirar bien, algo le tapona la laringe y los oídos. La mente acatarrada. Y qué me dices de la comida del avión, con tanta pimienta en el pollo, a quién se le ocurriría semejante despropósito. Dos años, pronto cumpliría tres. La guardería. Una tarta con velas, un balón de reglamento, el calendario con las vacunas. Su esposa sola, en casa, con aquel vestido negro de escote cuadrado que compraron un verano en Portugal. Tan bella.

Almeyda se queda mirando por la ventana con sus ojos miopes, enfrente hay cubos de apartamentos pintados con los colores alegres del Lego, arquitectura funcional, diseño nórdico inteligente, vecinos durmiendo en sus camas ergonómicas, él asiente con la cabeza a aquel espectáculo navideño de guirnaldas y copos de nieve en suspensión. Una familia feliz. El mundo es un lugar horroroso. Le duele mucho el estómago, no entiende por qué motivo, con lo poco que cenó anoche y además yo no te odio, estás muy equivocado si piensas eso, Damien, no es nada personal, me limito a constatar nuestras diferencias profesionales en lo que respecta a la reacción en cadena de la polimerasa, eso es todo. Somos enemigos dialécticos y nada más, que te quede claro.

Algo cocido al vapor, un nombre raro, con muchas emes. Almeyda apartó la carne estofada de venado y se concentró en comerse solo las hojas verdes, una pizca, el camarero que vino a retirar su plato se quedó mirando extrañado con las cejas levantadas. A los camareros suecos los pagan para eso, para que levanten las cejas. Va incluido en su sueldo y además les gusta mucho. El comedor enorme con Almeyda solo en un rincón, masticando arrinconado, filas y más filas de mesas vacías con manteles blancos como vacas, un rebaño de copas, una opulencia de vajillas dignas de la familia real, el camarero de zapatos resonantes pendiente de él todo el rato, qué pesadez, montando guardia en actitud marcial, con ganas de terminar y largarse a dormir o a emborracharse a base de *snaps.*

Un abeto con estrellas. El carrito de los helados. De postre una cuña de queso. O fresas con nata. O dos higos. El fósforo es un elemento químico que abunda mucho en el semen. ¿Cómo se llamaba aquel profesor? Sí hombre, el del bigote caído y los pantalones a cuadros, una vez le sacaron de clase en volandas. ¿No te acuerdas? Era manco, había perdido las dos manos tras una explosión en el laboratorio (la detonación desintegró los cristales en un polvo de vidrio), después de lo cual le habían tenido que implantar prótesis articuladas con unos ganchos en los muñones que se movían con lentitud mecánica. Se abrían y cerraban, se abrían y cerraban. Con aquellos garfios terribles de robot el profesor encendía cigarrillos y fumaba, pelaba mandarinas, jugaba al ajedrez, sujetaba tizas con las que dibujaba parábolas y elipses, no lo hacía del todo mal, quizá acariciase el vientre desnudo de algún amante, acaso joven, que el pellizco con el metal frío haría estremecerse de morbo. Qué extraño era pensarlo.

Klenz. Profesor Klenz. Así era como se llamaba aquel sabio. Vestía chaquetas entalladas con los hombros muy picudos, prominentes, cuyas lomas le daban un aspecto de montaña rusa. Klenz tenía una cama plegable en su despacho en la que a veces dormía, por las mañanas entraba bostezando en el aula sonámbulo y despeinado, cara de ido, toda la ropa arrugada, con un termo de café en la cartera, y en seguida se ponía a explicar geometría descriptiva, a repartir fotocopias entre los alumnos y a mover con lentitud sus pinzas de crustáceo.

Las dos y cuarto. Yo no estoy bien, no entiendo por qué no puedo dormirme hoy. En el neceser debo de tener zolpidem. No, no tienes, no lo has traído. Cierra los ojos. Los abre. Igual que Klenz. Es bueno para los párpados. Una gimnasia ocular. ¿Qué dijeron del tanatorio? ¿Cómo se dice tanatorio en inglés? Zolpidem. Cada vez me repite más, en serio, necesito un antiácido. Muchas gracias, aquí tiene su pasaporte sellado, todo está en regla, señor. Qué lástima de foto, si parezco un delincuente. Esta misma mañana, en el aeropuerto, Almeyda había visto a un individuo que llevaba taponados los orificios de la nariz con bolas de algodón teñidas de un rojo intenso. La visión le produjo un violento desagrado y le había perseguido durante todo el día, a intervalos irregulares, haciéndose presente en momentos inoportunos, durante el *Smörgåsbord* de bienvenida, en el techo de la sauna con que sus anfitriones habían insistido en obsequiarle nada más bajar del avión. Era lo último que le apetecía, una sauna a aquellas horas, no se veía con ánimos. Por compromiso, no le había quedado más remedio que aceptar de mala gana, todo el mundo participaba, al parecer formaba parte del protocolo, negarse era imposible. Pero qué pereza desnudarse, ponerse a sudar a chorros entre aquellas moles de carne rosadas y sonrientes que no paraban de gastarle bromas ridículas dándole palmaditas en la espalda, azotitos, cachetitos cerca del culo. Lonchas de jamón cocido. York, Yorick, *Alas, poor Yorick!* ¿Quién dijo aquello? Seguro que Bianca lo sabe. Nota mental: preguntarle. Como siempre, no le dejaron en paz, le escoltaban del brazo a todas partes, le cegaron con los flashes de sus cámaras, le obligaron a comportarse y a ser feliz, le torturaron con sus amabilidades escandinavas, allí nadie se libraba de eso, era un congreso científico. El presidente de manos espesas, muy anilladas de plata, querido amigo, tanto gusto, el gusto es mío, gracias, por favor, siéntese aquí, sírvase otra, adelante, yo invito, usted primero, insisto en ello, ramas de muérdago en las ventanas, escarcha en las pestañas, vaho en las bocas, la traductora oficial a punto de ser vieja.

Luego le llevaron aparte, le insinuaron entre sobrentendidos algo que no comprendió. Se quedó perplejo. En un rincón dos jóvenes cuchicheaban en sueco, divirtiéndose a placer con aquel viento de idioma.

Almeyda hubiese preferido estar solo, escaparse a algún tugurio decadente, un sótano húmedo con calendarios de chicas tectónicas y vistas al matadero local donde poder sentirse a gusto tranquilo y desgraciado, entre homínidos e iguales. Carneros degollados y reses abiertas en canal. Infanticidio. El sacrificio de los inocentes. Herodes de Galilea. Óleo sobre tabla, colección particular. La división de las células es la que produce el crecimiento de los organismos pluricelulares mediante el aumento de los tejidos, eso lo sabe cualquiera.

En medio de la sofocación de la sauna y el chapoteo de los pies desnudos en la tarima, a través de la neblina caliente y pesada de las termas, con figuras surgiendo y borrándose al fondo de la atmósfera empañada, con algo de consomé borboteante, a Almeyda se le hizo presente aquel individuo del aeropuerto que avanzaba hacia él muy despacio entre jirones de vapor con bolas de algodón rojas en la nariz y una determinación criminal, como dispuesto a empitonarle. Terminal 4, puerta 12: aquí es. El hombre se aproximaba con intenciones malignas, estaba a punto de alcanzarle, era un vampiro. Ahora le parecía que podía tratarse de algo premonitorio, un signo de aviso sobrenatural, antes de subir al avión tuvo un mal presentimiento. Algo le advirtió que era un error embarcarse, que se arrepentiría de ello. Dos faros rojos: alarma. Una especie de visión surgida de alguna pesadilla simiesca, un hombre-mono con ruedas. Bestias con rostro humano: humanoides.

¿Para qué necesitará el bañador un científico en Estocolmo? No es lógico. Quince grados bajo cero, sensación térmica polar. Allí estaba su maleta a medio deshacer, con el cepillo de dientes, las mudas limpias, los calcetines doblados, la corbata de las grandes ocasiones, la misma desde hacía seis años, el jersey de cuello alto dado de sí (maldita secadora), medio titular del periódico sacándole la lengua, NUEVA MATANZA DE PALESTINOS EN.

Un actor de leotardos negros encima de un escenario recitando a una calavera. No señor, aquello no era serio, no era propio de adultos, era una chiquillada ofensiva. *Ser o no ser* y toda la parafernalia. Elsinor, castillo de. Lámina 5. Cuando él la conoció Bianca pintaba cuadros abstractos, complicadamente azules, hacía algo de fotografía, un poco de cerámica, tocaba la guitarra de oído, diseñaba su propia ropa, posaba como modelo de alta costura, desfilaba como maniquí en sus ratos libres, tenía una belleza moderna, pelo cortísimo, gafas modernas, ojos de fiesta. Muy maquillada, siempre vestida a la última. Daba gusto verla caminar, la acera era su pasarela. Llamaba la atención, la gente se volvía por la calle para admirarla. Quince años más joven que Almeyda. ¿No sería demasiado mayor para ella? Tanta diferencia de edad le producía inquietud. Bianca le calmó asegurando que no tenía importancia, que no se desanimase, tan solo era un poco de fiebre, unas décimas, seguro que mañana el niño estaría bien y correteando por el parque, que se marchase tranquilo al aeropuerto, que ya había avisado a Casio al almacén y que vendría en seguida a traer el antibiótico.

Casio, menudo personaje, ese no hace más que resoplar y quejarse. Y el tic nervioso en la cara tampoco ayuda mucho.

Se besaron en los labios con ternura, su mujer era maravillosa, olía a tubos de ensayo, a laboratorio clínico, a sala de hospital recién desinfectada, él no era bueno con las metáforas. Nunca se le habían dado bien aquellas cosas poéticas, Almeyda es científico racionalista, pragmático, a sus ojos el arte y la literatura eran extravíos propios de débiles mentales. Comparado con la neurobiología, todo es juego inofensivo y carreras de sacos. Una exótica pérdida de tiempo. Dos o tres veces había intentado leer una novela, nada, era imposible, se le caía de las manos a las pocas páginas. Suspiros, debilidades, enredos, sensibilidad enfermiza. Un alma fuerte no necesitaba de semejantes sucedáneos de vida.

Casi sin proponérselo comenzaron a salir, se hicieron novios. Iban juntos al cine, al teatro, a ver exposiciones, danza contemporánea, montajes alternativos con un actor desnudo blasfemando a través de un megáfono, ruidos electrónicos procedentes de sintetizadores y manadas de cabras en el escenario, Almeyda no se enteraba de casi nada, le daba igual. Estaba allí por Bianca, solo por ella, por darle gusto. Se dejaba llevar, estaba enamorado, un hombre enamorado es tolerante. Bianca entonces vivía en un apartamento de tres habitaciones compartido con dos amigas, una era estudiante de Derecho y la otra trabajaba en una fábrica de tornillos, ninguna de ellas abría la boca nunca, por ninguna circunstancia, no hablaban, parecían sordomudas aunque no lo eran. Se sentaban en el sofá del salón los cuatro sin pronunciar palabra, veían la televisión o jugaban a las cartas. Así pasaban las tardes. No tenían nada que decir o tal vez pensarían que el lenguaje era algo inapropiado o demasiado valioso como para malgastarlo; mejor hacer acopio.

Hablar es un acto de desesperación. Almeyda iba a visitarla allí con frecuencia, comía pizza con Bianca, paseaban en bicicleta por el parque otoñal, pasaban juntos varias noches a la semana en el piso compartido, en medio de esa incómoda mudez estudiantil, pósters creciendo por las paredes, libros de la biblioteca ambulante, tallarines con queso, restos de salsa boloñesa en los platos, cómics de Mafalda, mamografías, dietas de adelgazamiento, yogures desnatados en la nevera, velas perfumadas, sales de baño, acondicionador del cabello, cera depilatoria, bragas puestas a secar en el tendedero, paquetes de tampax, todo el atrezo propio de la higiene íntima femenina.

El suelo del baño era de linóleo pintado de azul marino y en un rincón habían colocado, de adorno, una caracola rosa. Como cabía esperar, el calentador funcionaba solo cuando quería. Ducharse con agua fría en invierno era mitológico. El pasillo estaba lleno de cajas con muestras de telas, no se sabía por qué, Almeyda nunca se decidió a preguntar, de modo que se quedó con las ganas de enterarse. Era incómodo pasar, había que atravesarlo de refilón. Aparte de eso, en el piso de las chicas reinaba bastante orden, un orden de gineceo y olor a café recién hecho, confortable.

Al fondo de la casa, el dormitorio de Bianca era estrecho y daba a un patio con cuatro árboles raquíticos que estiraban sus ramas-arañas hacia la luz, por encima de la tapia rayada de sol sobresalía una grúa. Allí dormían ellos dos desnudos y abrazados, se confesaban sus intimidades. El misterio renovado de abrirse a otro ser humano, a sus anhelos e interrogantes, carne y espíritu. La bella Bianca se desvelaba, tenía pesadillas, tosía en sueños. A los pies de la cama, semiolvidada, estaba la guitarra envuelta en su funda. No había vuelto a tocarla. Del patio ascendían voces, interferencias de emisoras mal sintonizadas, estampidos de aceite hirviendo en la sartén donde se fríen unos huevos con jamón, aleteos de palomas. El consabido sainete neorrealista de cualquier patio de vecindad. A veces, al entrar o al salir del edificio, Almeyda coincidía en la escalera con los novios dominicales de las otras chicas, vestidos de cuero negro, se saludaban con un movimiento rápido de cabeza, sin inmutarse, y seguían su camino, cada cual a lo suyo. Tampoco ellos dos eran muy habladores, pero a cambio tenían sus motos de potente cilindrada.

Esa fue la primera vez que Almeyda intentó leer una novela y no pudo, se le cayó de las manos. Ni siquiera recordaba el título. Quiso sacar a la muchacha de allí, llevársela de aquel mundo de escasez y cine mudo, ofrecerle algo mejor, estaba seriamente enamorado de ella. Un martes en que se le pinchó una rueda de la bicicleta en el parque, mientras estaban agachados parcheando la cámara, Almeyda aprovechó la ocasión para proponerle que vivieran juntos, Bianca se limitó a mirarle sonriente sin decir nada con sus ojos de fiesta detrás de sus gafas modernas. Estaba sexy y alegre. Al principio fue difícil, él no ganaba lo suficiente y no les alcanzaba el dinero, los padres de ella ayudaban con lo que podían, que tampoco era mucho. Osteoporosis, fragilidad de los huesos. Un mal diagnóstico. La tensión arterial disparada, por encima de 140 de sistólica. Visitaron bastantes pisos, ninguno les convencía, siempre fallaba algo, tenían poca luz o la zona era alejada y tristona, estaban indecisos. Al fin alquilaron esa casa de techos altos con plaza de garaje y la pintaron de malva, a Bianca le gustaba ese color, decía que era precioso. Seguía estando igual de sexy y alegre.

Al cabo de un par de años su situación laboral mejoró un poco, le ascendieron de categoría y le subieron el sueldo, pudieron comprar muebles, un colchón nuevo, irse de vacaciones al mar. Esa fue la segunda vez que Almeyda intentó leer una novela, en la playa, debajo de una sombrilla, frente a la brisa marina, protegiéndose de los tirones del viento y el arponazo de la luz oceánica, y nada, no hubo manera, tampoco lo consiguió, volvió a caérsele de las manos. Bianca, a su lado, con un bikini fucsia, dormitaba en la toalla.

Días de terciopelo rojo, noches en blanco, música girando en el tocadiscos y estallando en pequeños soles negros a 45 revoluciones por minuto. Para que lo sepas, los axones son cables celulares que conectan unas neuronas con otras por medio de la sinapsis. Su relación entró en una fase apacible. Cambiaron de automóvil. Había un pescado asándose en el horno. La risa de un niño en el baño. En su lista de la compra aparecieron palabras nuevas, nunca antes empleadas, como dodotis, bastoncillos para los oídos y discos de lactancia. En las cenas de etiqueta Almeyda siempre se hacía un lío con los cubiertos, los confundía, había demasiados, Bianca se reía de él mostrándole las palas delanteras de sus dientes, tan bella, y a continuación le enseñaba con paciencia las diferencias sutiles entre unos tenedores y otros y su razón de ser y el orden en que debían ser usados (de fuera a dentro), pero él era incapaz, se le olvidaba, no prestaba atención, le pasaba como con las novelas, no se enteraba bien del argumento, confundía a los personajes, le parecían todos iguales, se distraía pensando en Nico, que en la otra habitación tosía en sueños como su madre –lo había heredado de ella– o acariciaba el papel pintado.

¿Por qué, por qué, por qué? ¿Por qué habría aceptado asistir a aquel estúpido congreso en las afueras de Estocolmo? Mientras en Madrid sucedía algo grave, él estaba tomando una sauna en el norte de Europa vigilado por nalgas vikingas. Si se hubiese quedado en casa, a lo mejor él, a lo mejor ella, a lo mejor entre los dos. Pintura malva.

Ganchos en los muñones. Una vez le sacaron de clase en volandas. Sinapsis. La náusea viene y se va, es una náusea oscilante, otro reflujo gastroesofágico. Él y ella. Quién sabe. Podría haberse evitado. Podría no estar muerto. Había aceptado por el dinero, claro, era una cantidad tentadora que fue incapaz de rechazar, les vendría bien para los gastos de Navidad.

Ahora ese dinero serviría para pagar el entierro. Calla. No digas eso. ¿Por qué dices eso? Te lo prohíbo.

Almeyda se levantó, se acercó al lavabo, se salpicó la cara con agua fría, se enjuagó la boca y evitó mirarse al espejo, sintió pánico ante lo que pudiera encontrarse. Tal vez se debiese a una confusión de nombres, a lo mejor se trataba de un error de identificación y con suerte era otro niño, no el suyo, Dios, haz que sea otro. Dios, mata a otro en lugar de al mío, por caridad te lo suplico. Al mío no le toques ni un pelo, ¿eh? Mata a cien mil niños de golpe, si quieres, con tu rayo vengador, pero no al mío. A cualquiera excepto a Nico. Los parques están llenos de niños disponibles, mira, ahí los tienes, rubios, morenos, gordos, en triciclo, en monopatín, monísimos, a montones. Escoge uno del catálogo y llévatelo contigo a tu cielo de beatas, qué te cuesta, te lo regalo. Mejor no pienses eso. Arrodillado en el baño, tiritando por el esfuerzo y el asco, Almeyda vomitó una sustancia fecal, verdosa y pestilente. Encogido en la postura del feto, pidió perdón a todos los niños del mundo que no sabían aún que iban a morir para que el suyo viviese.

Deseó tener un cigarrillo entre los dedos, algo a lo que aferrarse o morder. Lamentó haber dejado de fumar tan pronto, una decisión precipitada a la luz de los acontecimientos. Tabaco de liar, calma los nervios. La mesilla no estaba bien calzada, cojeaba al apoyarse y esto le produjo un desconsuelo instantáneo. Te dices a ti mismo que lo peor ya ha pasado, pero lo peor no ha hecho más que empezar. Era domingo por la noche en Estocolmo, aún quedaban muchas horas por delante para el lunes. El lunes, la luna. Los ciclos menstruales, el oleaje de las mareas, vacaciones en el mar y coche nuevo. Aquel curso de preparación para el parto. Las primeras ecografías, un pequeño racimo de células palpitantes y sin embargo ya reaccionaba a la música, a favor o en contra, mostraba con claridad sus preferencias y desagrados. Paseos en bicicleta sobre un lecho de hojas secas otoñales. En seguida vendrá con los antibióticos. No es nada, tan solo un hilillo de sangre en la comisura de los labios. Pronto se le pasará. Tic nervioso en la cara. Aquí tiene su pasaporte, señor, todo está en regla. Una vena se le marcaba en la frente. Una cama plegable en el despacho. Aquella vez en que le sacaron de clase en volandas. Diseñaba su propia ropa, siempre vestida a la última. Quince años más joven que él. Bastoncillos para los oídos. Demasiada pimienta en el pollo.

Basta, basta, basta. Esto no puede estar pasando. Esto en realidad no tendría que estar pasando, no puede estar pasando, no es justo que esté pasando, no está pasando. ¿Por qué está pasando esto? Almeyda pensó en si debería calzar bien la mesilla del hotel, lo descartó, no era propio de un científico ateo dedicarse a componer muebles de madrugada. Él era como Klenz, tenía ganchos mentales con los que trataba de agarrar las cosas, los tentáculos se aferraban a la materia pero la materia era indócil y escapaba, se le escurría entre los hierros, dejaba de existir, moría.

¿Que quiénes somos? Ya que me lo preguntas, Damien, déjame decirte que en el fondo no somos más que conglomerados ocasionales de materia que un día se descompondrá y volverá a reordenarse en una nueva secuencia de átomos, cíclicamente, dando lugar a otras formas, a otros prismas y caleidoscopios de células y cadenas de aminoácidos, a otros Almeydas y Biancas, a otros seres momentáneos, felices y desgraciados, partículas desprendidas de este universo de estrellas y polvo galáctico que se amarán y sufrirán o arreglarán ruedas de bicicleta en los parques.

Klenz explicó en una clase que un fractal es una figura geométrica cuya principal característica es la llamada «autosimilitud», es decir, que las figuras se repiten copiándose una y otra vez hasta el infinito manteniendo idéntica apariencia. Añadió que las estructuras fractales se dan con frecuencia en la naturaleza; se las puede encontrar en los vasos sanguíneos, en los conductos biliares, en los bronquios… y en nuestro sistema nervioso. El universo entero, concluyó Klenz, era el plagio de un plagio de un plagio.

Media vida se la había pasado Almeyda planeando lo que haría en la otra media, y cuando había llegado esa segunda mitad no se parecía en nada a sus planes. Tener un hijo sano, que vaya al colegio y luego en la representación teatral de fin de curso le toque hacer siempre el papel de árbol o de nube. Ese tipo de cosas. Sus suegros compraron una parcela en el campo, un terreno de algo más de media hectárea, pretendían edificar con sus ahorros algo allí para el momento en que se retirasen. Una casa cómoda y modesta, sin pretensiones, con un pequeño huerto donde relajarse y respirar. Podar setos. Plantar manzanos, melocotoneros, unos cuantos macizos de hortensias. Recibir a los amigos, celebrar barbacoas los domingos. Instalar un columpio. Ver crecer a los nietos, cuando naciesen. Todo muy clásico. Eran proyectos sencillos y razonables, de pastilla de menta, que no requerían grandes complicaciones y que no iban a cumplirse porque el destino tenía otros planes, estaba escrito. Autosimilitud. Fractales.

Que no pienses, te he dicho. Stop. Acuérdate de otra cosa, rápido, de algo que no tenga nada que ver y no duela. No te obsesiones. Descansa. Haz ejercicios respiratorios. Deja la mente en blanco. El sueño vendrá por sí solo cuando menos te lo esperes. No pienses.

Taparse un ojo con una mano. Taparse el otro ojo con la otra mano. Notar cómo la yema de los dedos frota la bola caliente del párpado. Jugar a la gallina ciega. Hacerse el que no ve, no oye, no puede hablar. Ciego, sordo y mudo. Los tres monos insensibles. Los tres Reyes Magos de Oriente. Los tres cerditos y el lobo. Nadie puede contra el lobo, es demasiado fuerte: sopla y derriba él solo la cabaña de paja. Tres contra uno. Tres eran tres las hijas de Elena. Ahora hay concursos de todo, para elegir al más tonto o al más alto o al que come salchichas en menos tiempo, hay concursos de fealdad y belleza, campeonatos de imitar voces de actrices, de acertar fechas imbéciles o de reparar lavadoras en menos de medio minuto. A todas horas dan premios, entregan estatuillas, se baten récords, alguien sube o baja al estrado, levanta una medalla y agradece la distinción con lágrimas en los ojos y falsa modestia, con hipo en la garganta, jura que no lo merece ante los flashes de los fotógrafos cuando está convencido de lo contrario, es todo una farsa, una caricatura, una etapa más hacia la cretinización total de la especie en su lenta carrera hacia la nada, entre todos lo conseguiremos, vamos, ánimo, un empujoncito más, que ya falta poco.

Hay días en que entras en una sucursal bancaria y todo te huele a caca, ¿verdad que sí? ¿Por qué será? Ni aun tapándote la nariz consigues eliminar del todo el hedor.

Lo llevas impregnado en la garganta, en los pliegues de la ropa, en la conciencia, no sale ni restregándote las manos con un cepillo de uñas. Valium, Lexatin, Orfidal, Trankimazin, Lormetazepam, cualquiera sirve, démelos todos, un festín químico. Si quiere se lo envuelvo para regalo. Mensajes subliminales, nos lavan el cerebro con la publicidad, bombardeo masivo, está visto y comprobado. Anticípese a la caída del cabello antes de que sea tarde o lo lamentará, stop a la calvicie. A mí que me incineren, no quiero saber nada de coronas de flores ni de lápidas, me horrorizan sus rituales mortuorios, la imaginería religiosa, los crucifijos de alabastro repulsivamente suaves, con la ceniza me basta. Con Casio no se puede contar, él siempre ha ido a lo suyo, hijo único, bastantes canas ya. Una vena se le marcaba en la frente. Un hombre duro, mi padre, solo le habré visto llorar en un par de ocasiones, una de ellas fue debajo de un paraguas, cerca de un puente, llovía y caían lágrimas, tres a lo sumo.

Todos los marineros del submarino ruso *Kursk* murieron asfixiados en el fondo del océano Ártico. Hubo una explosión, un incendio, una llamarada, el submarino se inundó, no recibieron ayuda. Ante sus llamadas de auxilio el gobierno se encogió de hombros, se cruzó de brazos, miró hacia otro lado, no movió un dedo, para qué molestarse en hacer nada. Mejor esperar, disimular y mentir a la opinión pública. Algunos soldados murieron de inmediato, otros sobrevivieron durante días y noches, allá abajo, metidos en esa cáscara frágil de escalerilla metálica y espuma gélida. Sobrevivieron a oscuras, sin agua, sin comida, sin futuro. Sabían que estaban condenados, que salvarse era imposible. Escribieron notas de despedida para sus familias y novias, apenas unas pocas líneas garabateadas con su último aliento. Cómo será saber eso, vivir con eso, el oxígeno se agota y nadie acude en tu ayuda. Afuera se extiende la noche de alquitrán como sobre una tostada. Estás solo bajo masas ingentes de agua, todo el peso del silencio cae encima de ti y te aplasta la cabeza. Te rompe la espalda, te parte el cuello. El océano no responde y tu madre no te conoce.

La nada. Estaba muerto. Tumbado en la morgue sobre la fría plancha de acero. Etiquetado. Casi tres años. No había sido culpa de nadie. La voz del desconocido en el teléfono lo había dicho con claridad en un tono bajo pero concluyente; había sido rotunda. La voz había viajado rodando a través de miles de kilómetros de líneas telefónicas y antenas de operadoras esquivando tejados y helicópteros para llegar hasta Almeyda, que estaba en calzoncillos en una cama de hotel de las afueras de Estocolmo. Del encuentro entre un sonido y un tímpano había nacido la música. Orfeo y las bacantes, eso se lo explicó Bianca, mira, le dijo un día, y le mostró una lámina coloreada en un libro de imágenes que sacó de la estantería del salón, sonreía al decirlo, estaba resplandeciente, acababa de salir de la ducha tapada con el albornoz color crema y llevaba la cabeza envuelta en un turbante.

Pero quién, dónde, cómo, cuándo. Ramas de muérdago en las ventanas, para ahuyentar al diablo y dar la bienvenida al solsticio de invierno, al oso blanco que hibernaba entre fiordos con cara de éxtasis y un maletín de antibióticos. Paz y felicidad, hermano, regalos y buenos propósitos, golosinas y trineos. Cerrad los ojos, soplad las velas y apagadlas, pedid un deseo y si habéis sido buenos se os concederá. ¿Cantamos todos juntos un villancico? Vamos, después de cada estrofa hay que apurar la copa de un trago. *Helan går, sjung hopp, fa-de-ral-lan lej!* La vida se deslizaba suavemente a lo largo de pendientes onduladas dejando un rastro de hollín y un perfume de violetas, los abetos majestuosos se inclinaban con un relincho de júbilo, el fuego en la chimenea aplaudía, los troncos resoplaban, nadie tuvo la culpa, los accidentes suceden, es ley de vida, tú dirás lo que quieras, Damien, pero yo insisto en que la base de carbono es la esencia de los componentes orgánicos en gran medida gracias a su estabilidad y a su capacidad combinatoria o, en otras palabras, a su plasticidad. ¿Y tú me preguntas que quiénes somos?

We all live in a yellow submarine, yellow submarine, yellow submarine.

Los marineros del submarino atómico *Kursk* habían muerto en silencio (o gritando, eso no lo sabemos) y tampoco hubo culpables. Nadie pidió perdón en el Kremlin, ningún militar dimitió, ningún político, ningún alto cargo, el presidente ruso no interrumpió su descanso, el veraneo era sagrado. Nadie protestó en occidente, todo se archivó pronto, ocurrieron otros sucesos que lo barrieron de los titulares de los periódicos, rápidamente sustituido por nuevas calamidades, otros bostezos. Fue una desgracia, un hecho aislado, quién podía imaginar, lo mejor es olvidar y pasar página cuanto antes, tierra a la tierra, ceniza a la ceniza, polvo al polvo, con sufrir no se adelanta nada, hay que evitar torturarse, mirar el futuro con fe y esperanza, de qué sirve recrearse en el dolor, en fin la vida sigue.

Descanse en paz, ya no volverá a toser en sueños.

Dentro de unas pocas horas amanecería, sería lunes por la mañana y Almeyda regresaría a Madrid en el primer vuelo, se soldaría en un abrazo con su esposa Bianca, enterraría el cuerpo sin vida en una pequeña fosa infantil, tras lo cual intentaría matarse, se lo impedirían entre varios familiares, después de un tiempo de baja con tratamiento médico a base de ansiolíticos retornaría más pálido y envejecido a sus aulas, sus viajes, sus ocupaciones profesionales de hombre de ciencias, Bianca volvería a quedarse embarazada, tendrían otro hijo, dos más, Estocolmo se alejaría como una pesadilla de saunas y algodones sangrientos, todo pasa, olvidar era inevitable, casi un deber, los marineros rusos ahogados flotando entre algas y misiles, sus uñas seguirían creciendo por su cuenta, al ritmo habitual, su pequeño corazón roto aún continuaría latiendo, su sangre transportando albúmina que sería sintetizada en el hígado, todo, todo seguiría su curso con normalidad.

Hasta que un día.

Esta séptima edición de
Técnicas de iluminación de Eloy Tizón
se terminó de imprimir el
22 de agosto de 2023,
aniversario del nacimiento del gran Ray Bradbury,
quien escribió:
«Las voces murieron en la luz y el color del verano».